KB115193

레벨업 축구황제 6

리더A6 현대 판타지 소설

초판 1쇄 찍은 날 § 2021년 11월 22일
초판 1쇄 펴낸 날 § 2021년 11월 29일

지은이 § 리더A6
펴낸이 § 서경석

총괄팀장 § 노종아
편집책임 § 김범석
디자인 § 스튜디오 이너스

펴낸곳 § 도서출판 청어람
등록번호 § 제387-1999-000006호
등록일자 § 1999. 5. 31
어람번호 § 제1-3165호

주소 § 경기도 부천시 부일로 483번길 40 서경B/D 3F (우) 14640
전화 § 032-656-4452 팩스 § 032-656-4453
http://www.chungeoram.com
E-mail § chungeorambook@daum.net

ⓒ 리더A6, 2021

ISBN 979-11-04-92399-9 04810
ISBN 979-11-04-92370-8 (세트)

[레벨이 올랐습니다.]

6

리더A6 현대 판타지 소설

레벨업
축구황제

ODERN FANTASTIC STORY

목차

Chapter. 1

마리오 발로텔리는 재능이 넘치는 선수였다.

아주 어릴 적부터 세계 최고의 재능을 지녔다는 말을 수도 없이 들어 온, 흔히 말하는 천재였다.

늘 주목을 받아 왔고 기대를 받아 왔다.

다만 멘탈이 좋지 못한 탓인지, 최근엔 가진 재능에 비해서 많이 성장하지 못하고 있다는 평이 많았다.

여러 단점이 드러나고, 상대 팀 선수들은 그 약점들을 성공적으로 공략했다.

자연스레 마리오 발로텔리를 향한 주목과 기대는 점점 줄어들었다.

그래서일까?

마리오 발로텔리는 자신보다 더 많은 주목을 받는 선수에게 열등감을 느끼기 시작했다.

'저 녀석……'

마리오 발로텔리는 동료들의 집중적인 관심을 받는 이민혁을 바라봤다.

오늘 첫 훈련에 참여한 저 어린 녀석은 브렌던 로저스 감독과 코치진들, 팀원들 모두의 관심을 끌었다.

녀석은 부족한 점이 없었다.

굳이 찾자면 헤딩 능력이 부족하다.

하지만 그것 말곤 단점을 찾기가 힘들었다.

모든 면에서 놀랍도록 뛰어났다.

'겨우 19살이라고?'

꿈틀!

마리오 발로텔리의 이마에 새겨진 주름이 깊어졌다.

자신 역시 천재라고 불리는 선수.

최근엔 팀에서 입지가 좁아졌지만, 재능만큼은 그 누구에게도 밀리지 않는다고 자부해 왔다.

그러나 저 녀석은 도대체 어떻게 된 놈이란 말인가.

이해할 수 없는 재능이었다.

'…재수 없잖아?'

마리오 발로텔리는 이민혁이 마음에 들지 않았다.

이민혁에게 관심을 쏟는 동료들 또한 마음에 들지 않았다.

"자존심도 없는 새끼들! 오늘 처음 훈련에 참여한 19살짜리 애송이한테 왜 저렇게 관심이 많은 거야?"

결국, 열등감이 폭발했다.

어떻게든 저 녀석의 기를 눌러 주고 싶었다.

그렇게 하지 않으면 짜증이 나서 미쳐 버릴 것 같았다.

그래서 마리오 발로텔리는.

"뭘 봐? 불만 있냐?"

이민혁에게 시비를 걸었다.

'재수 없는 자식, 네가 내 앞에서 기를 펼 수 있을 것 같냐?'

마리오 발로텔리는 눈에 힘을 잔뜩 주며 확신했다.

그동안 다른 선수들이 그랬던 것처럼, 이민혁 역시 괴짜로 소문난 자신에게 덤비지 못할 것이라는 걸.

잔뜩 쫄아서 눈을 내리깔 것이라는 걸.

그런데.

"뭐야, 이건?"

이민혁은 전혀 쫄지 않았다.

시선을 피하지도 않았다.

고개를 갸웃거리며 마리오 발로텔리를 올려다봤다.

'마리오 발로텔리가 나한테 왜?'

이민혁은 시비를 거는 마리오 발로텔리의 행동을 이해할 수가 없었다.

왜 이러는 걸까? 하는 생각이 들었다. 겁은 나지 않았다. 어릴 때부터 싸움은 익숙했고, 프로가 된 이후에도 더욱 거친 선수들과 여러 번 싸워 봤으니까.

그저 황당할 뿐이었다.

그래서일까?

황당한 마음을 담은 말이 입 밖으로 튀어나왔다.

"뭐야, 이건?"

"…뭐?"

"뭐냐고."

마리오 발로텔리의 눈이 커졌다.

그는 당황하고 있었다.

그에게 이렇게 덤벼든 선수는 거의 없었으니까.

게다가 가까이에서 본 이민혁의 체구는 단단해 보였다.

키는 180㎝가 조금 넘는 정도로 그리 크다고 느껴지지 않았지만, 탄탄하게 잡힌 근육은 범상치 않은 느낌을 줬다.

더구나 풍기는 분위기는 어린 선수라고 하기엔 너무나도 무거웠다.

"…너 뭐냐?"

"네가 시비를 걸어 놓고 뭐냐고 묻는 건 뭐야? 됐고, 이런 데서 쓸데없이 힘 빼지 말고 경기장에서 붙자. 어차피 곧 연습경기 시작할 거 아니야?"

툭!

이민혁은 마리오 발로텔리의 등짝을 가볍게 치며 지나갔다.

가볍게 친 것이지만 강한 힘이 느껴졌다. 순간 마리오 발로텔리의 몸이 흔들릴 정도로.

마리오 발로텔리는 동그랗게 커진 눈으로 이민혁의 뒷모습을 바라봤다. 너무 당황스러워서 머릿속이 하얘졌다.

"저 녀석… 뭐냐고……."

*　　　　*　　　　*

잠시 차가워졌던 분위기가 원래대로 돌아왔다.

 리버풀 선수들은 티를 내진 않았지만, 이민혁이 마리오 발로텔리를 위축되지 않고 상대하는 모습을 보며 감탄했다.

 자연스레 연습경기에 대한 기대감은 높아졌다.

 브렌던 로저스 감독은 별다른 말 없이 선수들에게 연습경기를 준비하라고 했다.

 우연인지는 모르겠지만, 이민혁과 마리오 발로텔리는 서로 다른 팀이 됐다.

 이민혁은 A팀.

 마리오 발로텔리는 B팀.

 이민혁의 포지션은 오른쪽 윙어로 결정됐다.

 반면 마리오 발로텔리의 포지션은 스트라이커였고.

 두 선수는 어지간해서 부딪히기 힘든 자리에서 각자의 플레이를 펼치기 위해 경기가 시작되길 기다렸다.

 삐이이익!

 이민혁은 처음부터 시동을 걸었다.

 빠르게 경기장을 뛰어다니며 몸을 뜨겁게 달궜다.

 수많은 시선이 느껴졌다.

 경기장에 있는 선수들, 감독, 코치, 관계자들의 시선들.

 '재밌겠어.'

 이민혁의 입꼬리가 올라갔다.

영국에 온 이후로 처음 참여하는 경기다.

비록 정식 경기가 아닌, 팀 내 연습경기지만 어찌 보면 실전보다 더 중요한 경기다.

어딜 가나 첫인상은 많은 부분을 차지하게 마련이었으니까.

때문에, 이민혁은 저들에게 확실하게 각인시켜 줄 생각이었다.

자신이 왜 분데스리가에서 최고의 선수였는지를.

하지만.

그보다 먼저 할 일이 있었다.

스윽!

이민혁의 시선이 한 선수에게로 향했다.

자신에게 다짜고짜 시비를 걸었던 마리오 발로텔리.

그를 바라보던 이민혁의 눈이 날카롭게 빛났다.

"해결할 걸 해결해야지."

예의 없이 덤비는 상대를 다시는 까불지 못하게 만드는 것.

이민혁이 할 일이었다.

"…응?"

리버풀 FC의 감독 브렌던 로저스.

경기를 지켜보던 그의 눈이 커졌다.

이해되지 않는 장면이 보여서 옆에 있는 코치를 불렀다.

"제임스 코치."

"예, 감독님. 무슨 일이시죠?"

"이민혁을 윙어로 뛰게 하지 않았던가?"

"맞습니다."

"그런데 저 움직임은 뭐지? 자네가 시킨 건가?"

"…아니요. 시킨 적 없습니다."

"…하하! 당황스럽구만."

브렌던 로저스 감독이 황당함이 담긴 웃음을 터뜨렸다.

그럴 수밖에 없었다.

이민혁은 윙어로 나가 놓고 수비적 ~~~~~~~~이 하고 있었으니까.

"바이에른 뮌헨에서의 마지막 시즌~ ~~~~~~~~ 했다는 걸 알지만, 지금은 굳이 그럴 필요가 없잖아? 굳이… 설마?"

가뜩이나 큰 브렌던 로저스 감독의 눈이 더욱 커졌다.

"마리오 발로텔리 때문에……?"

그는 자신의 예상이 틀리지 않았다는 걸 알게 됐다.

이민혁이 마리오 발로텔리의 앞을 가로막는 게 보였으니까.

더구나 두 선수 사이에 펼쳐진 대화의 내용까지 감독의 귀에 똑똑히 들렸다.

"이민혁? 뭐냐, 너? 네가 왜 여기 있냐? 혼나고 싶어서 스스로 찾아온 거냐?"

"누가 혼날지는 한번 보자고."

조금 전에 다퉜던 일 때문인가?

그렇게 중얼거리며 브렌던 로저스 감독이 옅게 웃었다.

그 역시 프로축구 선수 출신.

젊은 선수들끼리의 다툼은 흔한 일이라는 걸 인지하고 있다.

그래서 브렌던 로저스 감독은 그저 재밌다는 표정으로 경기장에서 일어나는 일을 바라봤다.

물론 곧 일어날 결과에 대해서는 확신하고 있었다.

'아무리 이민혁의 수비가 좋은 편이라고 해도, 웡어잖아? 마리오 발로텔리가 문제가 많은 녀석이긴 해도 설마 이민혁에게 막히겠어?'

마리오 발로텔리는 스트라이커다.

그것도 어린 시절부터 천재라고 불려 오던 스트라이커.

화려한 드리블 능력을 지닌 선수는 아니더라도, 수비수 한 명 정도는 충분히 제칠 수 있는 선수가 발로텔리였다.

그런 마리오 발로텔리이기에 당연히 이민혁을 제칠 수 있을 거라고 믿었다.

그런데.

"…뭐?!"

이민혁이 마리오 발로텔리를 막아 냈다.

너무나도 깔끔한 슬라이딩태클로.

"말도 안 돼!"

브렌던 로저스 감독의 입이 떡 벌어졌다.

*　　　　　*　　　　　*

이민혁의 수비 능력은 분데스리가 내에선 잘 알려져 있다.

준수한 맨마킹 능력과 대단한 수준의 태클 능력은 상대 팀 선수들에겐 늘 경계의 대상이었을 정도였다.

그러나 프리미어리그에선 이민혁의 수비가 유명하지 않았다.

유명한 것은 이민혁의 드리블, 슈팅, 스피드, 패스였다.

이상한 일은 아니었다.

화려한 모습이 부각되는 건 자연스러운 일이었으니까.

때문에, 이민혁이 마리오 발로텔리의 공을 너무나도 쉽게 뺏어 낸 순간.

경기장에 있던 선수들과 경기를 보던 모든 관계자가 깜짝 놀랐다.

"마리오가 저렇게 쉽게 공을 뺏긴다고?"

"이민혁의 수비 실력이 저 정도였어?"

"예술 같은 슬라이딩태클이잖아?!"

"말도 안 돼! 발로텔리가 완전히 발렸어!"

"워우……! 저게 무슨 태클이야?!"

놀란 건 마리오 발로텔리 역시 마찬가지였다.

"미친! 저 자식, 뭐야?!"

그는 너무 당황해서 몸을 일으킬 생각조차 하지 못했다.

딱딱하게 경직된 채로 멀어지는 이민혁의 뒷모습을 쳐다보는 게 할 수 있는 전부였다.

모두가 놀라고 있을 때.

이민혁의 플레이는 단순히 공을 뺏는 것으로 끝나지 않았다.

타다닷!

엄청난 스피드로 전진하며 안정적으로 공을 컨트롤했다.

상대에겐 두려움을 안기는, 위협적인 드리블이었다.

리버풀 FC의 B팀 선수들은 달려오는 이민혁에게 접근했다.

EPL은 거칠기로 유명한 리그.

B팀 선수들은 분데스리가에서 넘어온 이민혁이 EPL의 거친 수비에 힘겨워할 것이라고 확신했다.

그래서일까?

수비하는 B팀 선수들의 움직임엔 자신감이 드러났다.

하지만.

이민혁을 직접 상대한 이후엔 B팀 선수들에게 보이던 자신감이 사라지기 시작했다.

휘익! 툭! 휘이익!

이민혁은 선수 하나를 제쳐 냈다. 상체 페인팅을 주고 상대의 발이 들어올 때 방향을 바꾼 돌파였다.

FC 바르셀로나의 안드레스 이니에스타가 잘하는 돌파 기술이었지만, 이민혁의 기술도 그에 못지않았다. 게다가 능력치가 높은 이민혁의 움직임은 이니에스타의 움직임보다 훨씬 더 빠르고 정교했다.

리버풀 FC 선수들은 그런 이민혁의 돌파를 막아 내지 못했다.

무려 4명의 선수가 전부 뚫려 버렸다.

철렁!

마지막으로 골키퍼까지 제친 뒤에 때려 낸 슈팅이 B팀의 골망을 흔들었다.

B팀은 리버풀의 주전급 선수들과 후보 선수들이 모인 곳.

수준이 높은 선수들이 모인 팀이었다.

그럼에도 탈탈 털려 버렸다.

이적한 뒤 오늘 처음으로 훈련에 참여한 이민혁에게.

"말도 안 돼……!"

"내가 지금 뭘 본 거지? 저게 대체 무슨 드리블이야……?"

"우리가 이렇게까지 무기력하게 당한다고?"

"아니… 아무리 바이에른 뮌헨의 에이스라고 해도… 이렇게나 차이가 난다고?"

모두가 경악했다.

특히 B팀 선수들은 멘탈이 크게 흔들렸다.

하지만, 이들은 EPL 명문 리버풀의 선수들.

B팀 선수들은 빠르게 정신을 차리고 자세를 바로잡았다.

눈빛도 살아났다.

익숙하지 않아서 당했지만, 다음에는 당하지 않겠다고 다짐했다.

그러나.

이들의 다짐은 겨우 5분도 지나지 않아서 무너져 내렸다.

철렁!

이민혁이 때려 낸 공이 또다시 B팀의 골 망을 흔들었기 때문이었다.

더구나 그냥 슈팅이 아니었다.

측면에서 B팀 선수 2명을 레인보우 플릭으로 단숨에 제쳐 내고 때려 낸 슈팅이었다.

"레인보우 플릭을… 저렇게 완벽하게 구사하다니……!"

"저 자식… 얄미울 정도로 잘하잖아?"

"이런 녀석을 어떻게 막으라는 거야?"

이후에도 이민혁의 플레이는 빛났다.

마리오 발로텔리의 공을 뺏어 낸 뒤에 찔러 준 롱패스로 동료의 골을 도왔고,

B팀의 페널티박스 안으로 파고들어 동료의 패스를 받아 헤트

트릭을 기록했다.

　B팀은 속수무책으로 당했다.

　최선을 다해서 이민혁을 막으려고 했지만 실패했다. 이민혁은 어떤 상황에서도 공을 빼앗기지 않았다. 이민혁이 공을 빼앗겼을 땐 반칙에 당해 넘어졌을 때뿐이었다.

　반칙으로 얻어 낸 프리킥 기회도 허투루 버리지 않았다.

　이민혁은 직접 차겠다고 나서서 프리킥으로만 2골을 터뜨렸다.

　삐이이이익!

　리버풀 자체 연습경기가 끝이 난 지금.

　모두 입을 다물었다.

　감히 입을 열지 못했다.

　이들 모두 그저 경외심 담긴 눈으로 이민혁을 바라볼 뿐이었다.

　6골 3어시스트.

　만 19세의 이적생 이민혁이 리버풀 FC에서의 첫 훈련에서 만들어 낸 기록이었다.

＊　　　　＊　　　　＊

　리버풀 FC 내부에 소문이 돌았다.

　이민혁이 이적하자마자 리버풀 FC 선수들을 연습경기마다 박살 내고 있다는 소문이었다.

이 소문은 기자들의 귀에 들리기 시작했고, 언론에서도 퍼지기 시작했다.

당연하게도 전 세계 축구 팬들에게도 퍼져 나갔다.

ㄴ이민혁이 리버풀에서 제대로 본때를 보여 줬다는군. 이건 전혀 놀랍지 않은 일이야. 분데스리가를 본 사람이라면 말이지.

ㄴ이민혁이 EPL에서도 통할 가능성이 높아졌군. 뭐, 그다지 의심하지는 않았지만 그래도 모두 이민혁이 EPL에서 통할지 궁금해했었잖아?

ㄴ리버풀 선수들 전부 이민혁한테 탈탈 털렸다고? 아무리 지난 시즌 리버풀이 예전 같지 않다고는 해도… 그래도 리버풀인데?

ㄴ2015/16시즌은 도대체 언제 시작되는 거야? 더는 못 기다리겠다고!

ㄴ이민혁이 하루빨리 EPL에서 뛰는 걸 보고 싶어. 과연 얼마나 잘할까?

ㄴ과연 EPL의 거친 플레이를 이겨 낼 수 있을까?

ㄴ이민혁은 분데스리가에서도 집중적으로 거친 견제를 당했던 선수야. 그럼에도 다 이겨 냈지. 이민혁은 데뷔 시즌엔 몸싸움에서 약한 모습을 보였는데, 시간이 지날수록 몸싸움도 강해졌어. 몸을 보면 예전보다 근육이 많이 커져 있는 걸 볼 수 있을 거야. 또, 이민혁은 부상 한 번 안 당했을 정도로 철강왕이야. 이런 이민혁이 EPL에서 적응하지 못하는 건 상상도 할 수 없어. 이민혁은 무조건 잘할 거야.

└이민혁이 과연 몇 골이나 넣을까? 분데스리가에서 45골을 넣은 괴물이니까 EPL에서도 30골은 넣겠지?

└이민혁의 과거 영상부터 최근 영상들을 전부 봐 봐. 실력이 빠르게 늘고 있어. 아마 EPL에선 50골 이상을 넣을걸?

이민혁이 리버풀 내부 연습경기에서 압도적인 실력을 보여 주고 있다는 소문.

이 소문은 전 세계 축구 팬들의 기대감을 높였다.

하루빨리 시즌이 시작되어 이민혁의 플레이를 볼 수 있길 바랐다.

그리고.

이런 상황에서 이민혁은 프리시즌에 펼쳐진 경기에서 교체로 출전해 가볍게 뛰는 모습을 보여 줬다.

분명 가볍게 뛰었지만, 이민혁의 움직임은 팬들의 기대감을 더욱 높여 놨다.

겨우 두 경기.

짧은 시간 출전했고, 과감한 드리블을 시도하지도 않았고, 슈팅을 때리지도 않았지만, 단 한 번도 공을 빼앗기지 않고 정확한 패스를 뿌려 댔으니까.

짧은 시간에 확실한 임팩트를 보여 줬으니까.

그리고.

마침내 프리미어리그 1라운드 경기가 펼쳐질 날이 다가왔다.

「2015/16시즌 프리미어리그 개막전 펼쳐진다.」

「리버풀, 시즌 첫 경기에서 스토크시티 만난다. 분데스리가에서 온 괴물 윙어, 이민혁 선발 확정!」

「수많은 팬의 기대받는 이민혁, EPL 데뷔전에서 어떤 모습 보일까?」

「분데스리가의 축구황제, 이젠 프리미어리그에서 날아오르나?」

우와아아아아아!

거대한 함성이 터졌다.

―양 팀 선수들이 경기장에 입장합니다!

경기장의 분위기가 뜨겁게 달아올랐다.

아직 경기는 시작되지 않았음에도, 이제 겨우 선수들이 경기장에 입장하는 단계였음에도 관중들은 열광했다.

우선, 이곳은 스토크시티의 홈구장이었다.

스토크시티 팬들은 스토크시티가 2015/16시즌 첫 경기에서 승리를 거둘 수 있게끔 목청을 높여서 함성을 질렀고.

원정 경기이기에 비교적 숫자가 적은 리버풀 FC의 팬들은 기다렸던 경기를 드디어 볼 수 있게 되었다는 사실에 열광했다.

"드디어 이민혁의 실력을 제대로 볼 수 있겠네!"

"프리시즌에선 브렌던 로저스 감독이 이민혁을 숨기려고 한다는 느낌을 받았는데, 오늘은 확실히 볼 수 있겠어!"

"이봐, 분데스리가의 축구황제! EPL에서도 네 실력을 보여 줘!"

"이번 시즌엔 리버풀의 시원시원한 공격을 볼 수 있는 건가?"

이 경기는 단순히 양 팀 팬들의 관심만 받는 경기는 아니었다.

전 세계 축구 팬들 모두 이 경기에 관심을 가졌다.

이민혁 때문이었다.

한국을 월드컵 우승으로 이끌고, 바이에른 뮌헨에서 2번의 챔피언스리그 우승, 2번의 분데스리가 우승을 거둔 이민혁의 이름은 이미 세계적으로 널리 퍼져 있었으니까.

이미 분데스리가 최고의 선수, 챔피언스리그 최고의 선수로 평가받으며 신계에 오르고 있다는 평가를 받는 선수였으니까.

└이제 시작하겠군. 그동안 기다리느라 지겨워 죽는 줄 알았는데.

└이렇게 기대했는데, 막상 별로면 어떡하지? 난 그럼 이민혁을 바로 욕할 거야.

└챔피언스리그에서의 이민혁은 분명 대단했어. 하지만 프리미어리그는 느낌이 많이 다를 거야. 기술이 좋은 선수들이 EPL에서 괜히 무너지는 게 아니지.

└이민혁의 피지컬이 EPL에서 버텨 낼 수 있을 정도로 강한가? 난 그 정도는 아니라고 봐.

└다들 경기 보고 평가하자고. 이제 곧 시작하잖아.

└내가 다 떨리네. 이민혁이 어떤 모습 보여 줄지 궁금해서 미치겠어!

└드디어 이민혁의 진짜 실력이 검증되는 건가……?

이처럼 전 세계 축구 팬들의 관심이 드러나고 있을 때.

삐이이이이익!

경기가 시작됨을 알리는 주심의 휘슬 소리가 울려 퍼졌다.
이후 딱 10초가 지났을 때.
전 세계 축구 커뮤니티의 분위기가 급변했다.

ㄴ???????????
ㄴ……?
ㄴ…뭐냐?
ㄴ……?!
ㄴ미친!!!!!!!!!!!!!!!!!!!
ㄴ뭐야???!!!!!!! 이게 대체 뭐냐고?????!!!!
ㄴ왔더…….
ㄴ지금 도대체 무슨 일이 일어난 거야……?
ㄴ이, 이게… 뭐야?

$*$ $*$ $*$

삐이이이익!

경기가 시작됐다.

오늘 오른쪽 윙어로 출전한 이민혁은 곧바로 앞으로 튀어 나갔다.

팀 동료 벤테케와 쿠티뉴 역시 경기 시작과 동시에 전방압박을 펼쳤다.

초반부터 스토크시티를 강하게 압박하는, 준비된 전술이었다.

다만, 리버풀은 생각했던 것보다 빠르게 공을 뺏어 냈다.

이브라힘 아펠라이를 노린 찰스 아담의 패스를.

촤아아아악!

이민혁이 슬라이딩태클로 끊어 내 버렸기 때문이었다.

―이민혁이 끊어 냅니다! 엄청난 컷팅이네요!

―이민혁이 분데스리가에서 보여 주던 컷팅 능력을 이젠 EPL에서 보여 줍니다!

이민혁의 플레이는 단순히 패스를 끊어 낸 것으로 끝나지 않았다.

타앗!

팔로 땅을 짚고 빠르게 몸을 일으킨 뒤, 직접 공을 컨트롤하며 전진했다.

스토크시티의 미드필더 찰스 아담이 다시 공을 뺏어 내기 위해 거칠게 달라붙었다.

그 순간, 리버풀의 팬들은 마른침을 삼켰다.

EPL 내에서 가장 거친 선수 중 하나로 유명한 찰스 아담이 어떤 짓을 할지 몰랐기에 긴장감이 치솟았다.

이때, 찰스 아담은 전진하는 이민혁에게 어깨로 강하게 부딪치는 걸 선택했다.

반칙으로 공을 뺏으려는 움직임이었다.

그러나.

상대는 이민혁이었다.

퍼억!

이민혁은 특별히 기술적인 움직임을 보이지 않았다. 그저 단단한 피지컬로 찰스 아담과 부딪쳤다.

"커헉?!"

더러운 플레이로 유명한 찰스 아담이 고통이 담긴 비명을 지르며 나가떨어졌다.

—허허! 이민혁이 찰스 아담을 튕겨 내네요! 역시 이민혁입니다! 분데스리가에서도 피지컬로 절대 밀리지 않던 선수거든요?!

찰스 아담을 뚫어 낸 이민혁은 그대로 다리를 휘둘렀다.

이제 겨우 중앙선을 넘은 위치였지만, 이민혁에겐 크게 문제되는 거리가 아니었다.

이미 이 정도 거리에서 때리는 슈팅은 이민혁이 종종 하던 것.

더구나 현재 그의 슈팅 능력치는 120.

이민혁은 다른 선수들에 비해서 훨씬 강력한 슈팅을 때릴 수 있다.

퍼어어엉!

아주 먼 거리에서의 슈팅이지만.

골대까지 접근하는 시간은 매우 짧았다.

그만큼 강하고 빠른 슈팅이었다.

쐐에에엑!

당황한 건 스토크시티의 골키퍼였다.

"헉?!"

설마 저 거리에서 슈팅을 때릴 거라고는 생각하지 못했기에, 스토크시티의 잭 버틀랜드 골키퍼의 반응은 조금 늦었다.

하지만 그는 프리미어리그 스토크시티의 주전 골키퍼.

재빨리 정신을 차린 뒤, 공이 날아오는 방향을 향해 몸을 날렸다.

'왼쪽 상단!'

잭 버틀랜드의 키는 196㎝. 팔 역시 매우 길었다.

그는 긴 팔을 쭈욱 뻗었다. 날아오는 공을 쳐 낼 생각으로.

그런데.

"……?!"

공은 그의 긴 팔에도 닿지 않았다.

그럴 수밖에 없었다.

공은 그의 팔이 닿을 수가 없는, 골대에 맞았으니까.

터엉!

그 순간 잭 버틀랜드 골키퍼의 입꼬리가 올라갔다.

'나간다!'

골대에 맞는 공은 높은 확률로 바깥으로 팅겨 나가게 마련.

지금도 그럴 것이라고 믿어 의심치 않았다.

하지만.

애석하게도 잭 버틀랜드의 바람대로 되지 않았다.

골대에 맞은 공은 그대로 굴절되며 스토크시티의 골대 안으로 파고들었다.

철렁!

＊　＊　＊

전 세계 축구 커뮤니티가 딱딱하게 굳어 버렸다.

순간적으로 너무 놀라서 생긴 일이었다.

경기장 역시 마찬가지였다.

이곳은 스토크시티의 홈구장.

스토크시티의 팬들은 눈을 크게 뜨고 입을 쩍 벌린 채 머리를 감싸 쥐었다.

한데, 리버풀 FC의 팬들도 크게 다르지 않았다.

하나같이 경악한 얼굴로 한 선수를 바라봤다.

―드, 들어갔습니다! 우오오오오오오! 골입니다! 이민혁이 프리미어리그 데뷔전에 말도 안 되는 원더골을 터뜨립니다!

―지금 몇 초나 지났나요? 경기가 시작된 지 10초는 됐나요? 와하……! 믿을 수가 없는 골이네요! EPL에서 통합지에 대해서 의심하던 팬들에게 이민혁이 직접 골로 답변을 해 주네요!

―10초, 10초가 맞다고 하네요! 이민혁이 프리미어리그 데뷔전에서 데뷔골을 터뜨리는 데에는 단 10초면 충분했습니다!

함성이 터져 나왔다.

한 타이밍 늦게 나온 함성이었다.

모두가 당황한 나머지 이민혁이 세리머니를 시작하고 나서야 정신을 차리고 환호성을 질러 댔다.

"오오오오오! 이건 미쳤어! 리버풀이 미친 괴물을 데려왔잖아?"

"으하하핫! EPL에서 안 통할 거라던 멍청이들은 당장 튀어나와!"

"프리미어리그에 이런 괴물은 없었다고! 어떻게 피지컬이랑 슈팅력이 저렇게 강할 수가 있지?"

"우아아아아아! 리! 리버풀에 온 걸 환영한다!"

"슈팅의 파워도 대단하지만, 정확도가 미쳤는데? 이걸 골로 연결할 줄이야! 근데 저거, 설마 일부러 골대를 맞힌 건가?"

씨익!

이민혁의 입꼬리가 올라갔다.

분데스리가 아닌 프리미어리그에서 받는 환호성.

색다른 느낌이었다. 물론 좋은 쪽으로.

게다가 멋진 골을 넣었다는 것도 이민혁의 기분을 좋게 만들었다.

'이게 되네?'

장거리에서 골대를 스치듯 맞히는 슈팅.

꽤 자주 연습해 온 슈팅이었다.

다만, 성공률이 높진 않았다. 골대를 맞히는 것까진 어렵지 않게 하는데, 골로 연결되게 만드는 게 쉽지 않았다.

그만큼 어려운 슈팅이었다.

그런데 실전에서 완벽하게 성공해 버렸다.

'예리한 슈팅 스킬이 발동 안 됐길래 안 들어갈 줄 알았는데.'

상대의 페널티박스 바깥에서 슈팅할 때 발동되는 '중거리 슈터' 스킬의 효과는 받았다.

그러나 슈팅 시 20% 확률로 발동되는 '예리한 슈팅' 스킬은 발동되지 않았다.

그래서 반신반의했었는데 결과가 잘 나왔다.

'역시 열심히 연습하니 실전에서 좋은 결과가 나오는구나.'

연습할 맛 나네.

그렇게 중얼거리며, 이민혁은 동료들을 향해 양팔을 뻗었다.

"다들 왜 눈치를 보고 있어요? 나 축하 안 해 줄 거예요?"

그러자 동료들이 기다렸다는 듯 달려들었다.

"우오오오! 민혁! 미친 골을 넣는 네 모습이 너무 경이로워서 감히 다가갈 생각도 못 했지 뭐야! 데뷔골을 이렇게 넣다니!"

"너, 뭐냐?! 축구의 신이야, 뭐야? 몇 초나 걸렸지? 9초? 10초? 이건 당장 올해의 골 후보로 들어가야 해!"

"찰스 아담을 그렇게 튕겨 낼 줄이야! 훈련 때마다 마틴 슈크르텔이랑 데얀 로브렌과의 몸싸움에서 이겨 내더니, 이젠 프리미어리그에서 가장 거친 남자도 날려 버리는구나! 또, 그 말도 안 되는 슈팅은 또 뭐야? 훈련 때 장난으로 하던 거 아니었어?"

"미쳤군! 민혁, 넌 정말 미쳤어!"

리버풀 동료들의 축하를 받으며, 이민혁은 환하게 웃었다.

지금, 그의 시선은 허공으로 향했다.

그곳엔 프리미어리그에서의 첫 메시지들이 떠오르고 있었다.

"시작이 아주 좋은데?"

＊　　　　＊　　　　＊

「이민혁 EPL 데뷔골 기록하는 데 필요한 시간은 단 10초!」

「이민혁, 경기 시작 10초 만에 올해의 골 후보로 들어갈 만한 멋진 장면 만들어.」

「데뷔전부터 강렬하다! 이민혁, 리버풀 팬들을 열광시켜!」

언론이 뜨겁게 달궈졌다.

이민혁의 골 때문이었다.

당연하게도 각종 포털사이트 역시 뜨겁게 불탔다.

축구를 안 보던 사람들마저 인터넷에 올라온 이민혁의 기사와 이민혁의 골 영상을 찾아볼 정도로.

너무 큰 충격으로 인해서 얼어붙었던 축구 커뮤니티들도 이제는 이민혁에 관한 이야기를 시작했다.

ㄴ얘 축구의 신 아니냐……? 방금 그 골이 말이 돼? 하하… 나 아직도 너무 놀라서 웃음밖에 안 나온다고.

ㄴ충격적이야. 이토록 충격적인 데뷔전을 치르는 선수가 있을까? 내 기억엔 없어. 그 누구도 감히 이민혁과 비교할 수는 없어.

ㄴ경이롭다. 운이든 실력이든 정말 경이로운 골이야. 또, 확실

한 건 이민혁에게 찰스 아담을 발라 버릴 실력은 있다는 거야.

ㄴ리버풀이 부럽다. 레전드가 될 보물이 들어왔어.

ㄴ괜히 리오넬 메시와 크리스티아누 호날두와 비교된 게 아니 었어! 앤 진짜야!

ㄴ잠깐 보여 준 거지만, 드리블이 너무 부드럽더라. 괜히 어린 나이에 엄청난 커리어를 쌓은 게 아닌 것 같아.

ㄴ아직 이민혁은 실력을 제대로 보여 주지도 않았어. 방금 같은 골은 분데스리가에서도 보여 줬던 거니까. 이민혁의 진짜 놀라운 점은 드리블의 성공률이 미쳤다는 거야.

ㄴ다들 집중해. 분데스리가 드리블 돌파 성공률 압도적 1위의 실력이 금방 나올 거니까.

ㄴ슈팅 정확도는 어떻고? 저 거리에서도 골대 안으로 공을 집 어넣는 거 보면 알겠지? 분데스리가의 골키퍼들은 2014/15시즌 에 가장 두려운 선수로 이민혁을 뽑았어. 일대일 상황에서 거의 놓치지 않고 골을 집어넣거든.

이처럼 이민혁을 주제로 언론과 인터넷이 뜨겁게 불탈 때.

당사자인 이민혁은 허공을 바라보고 있었다.

정확히는 메시지를 본 것이지만.

[퀘스트를 완료하셨습니다!]

[퀘스트 내용: 프리미어리그 데뷔골을 기록하세요.]

[보상으로 경험치가 대폭 증가합니다.]

[퀘스트를 완료하셨습니다!]

[퀘스트 내용: 프리미어리그 데뷔골을 경기 시작 10초 안에 기록하세요.]

[보상으로 경험치가 100% 증가합니다.]

[퀘스트를 완료하셨…….]

…….

[레벨이 올랐습니다!]

프리미어리그에서 본 첫 메시지들.

데뷔전에서 이른 시간에 골을 넣어서인지 많은 경험치를 받았다.

레벨도 하나 올랐다.

아주 좋은 시작이라는 생각을 하며, 이민혁은 스탯 포인트를 사용했다.

[스탯 포인트 2를 사용하셨습니다.]

[탈압박 능력치가 2 상승합니다.]

[현재 탈압박 능력치는 105입니다.]

프리미어리그는 거칠기로 유명하다.

또한, 압박이 강하기로 유명하다.

스페인이나 독일에서 뛰던 선수들이 프리미어리그에서 적응하려면 웨이트 트레이닝이 필수라는 말이 있을 정도다.

특히 스페인리그에서 좋은 활약을 하던 선수들이 프리미어리그에 와서 무너지는 모습을 흔히 볼 수 있다.

물론, 이민혁에겐 해당하지 않는 얘기다.

그는 분데스리가에서 상대 센터백들과의 몸싸움에서도 이겨내는 선수였으니까.

매번 여러 명의 선수에게 압박을 받는 게 익숙했으니까.

그래도.

'올려 둬서 나쁠 건 없지.'

이민혁은 상대의 압박을 더 잘 이겨 내기 위해 탈압박 능력치를 선택했다.

'앞으로 받을 압박이 얼마나 강할지 모르는 거니까.'

스윽!

이민혁이 고개를 들었다.

상대 선수들과 팀 동료들의 분위기를 느꼈다.

'방금 골로 분위기가 어수선해졌어.'

이민혁은 여러 경험으로 알고 있었다.

이렇게 어수선한 상황이라면.

'두 번째 골이 생각보다 빨리 나올 수도 있겠어.'

골이 나오기 아주 좋다는 걸.

─경기 재개됩니다! 초반부터 경기가 재밌어지네요. 이렇게 이른 시간에 골이 나올 줄은 전혀 예상하지 못했는데요?

─이민혁 선수가 EPL의 팬 분들에게 충격적인 골을 선물했죠.

사실 이건 분데스리가 팬분들에겐 그래도 익숙한 일일 것이거든요? 분데스리가에서 믿을 수 없는 놀라운 골을 자주 보여 줬던 이민혁 선수니까요.

경기가 재개됐다.

경기장에 있는 관중들의 눈빛이 변했다.

집중력이 완전히 올라갔다.

첫 번째 골로 이민혁에 대한 기대감이 더욱 상승했기 때문이었다.

"난 지금부터 이민혁만 볼 거야. 그것만 해도 표값이 아깝지 않을 것 같아."

"이민혁이 다음엔 어떤 플레이를 보여 줄까? 빨리 이민혁이 공을 잡았으면 좋겠다."

"조금 전에 보여 준 모습은 정말 충격적이었어. 아직도 여운이 남을 정도야. 근데 이제부터 스토크시티가 이민혁을 집중적으로 경계하기 시작할 텐데, 그래도 좋은 모습을 보여 줄 수 있을까?"

"스토크시티는 수비가 강한 팀이지. 방금 골을 허용하긴 했지만, 이제 그 강한 수비가 이민혁에게 강한 압박이 될 거야. 과연 이민혁이 그 압박들을 이겨 내고 좋은 기회를 만들 수 있을까?"

"모르겠고 빨리 이민혁에게 공을 줘! 저 녀석의 움직임을 보고 싶단 말이야!"

하지만 이민혁이 공을 잡는 데까지는 시간이 걸렸다.

스토크시티의 공격이 전개되고 있었기 때문이었다.

스토크시티의 공격은 마무리 슈팅까지 한 뒤에야 끝이 났다.

—디우프의 슈팅이 골대를 벗어납니다! 하지만 시도는 좋았죠?

　—맞습니다. 어찌 됐든 공격의 끝마무리를 한 것이니까요. 이제 공은 리버풀의 소유가 됩니다. 시몽 미뇰레 골키퍼가 마르틴 슈크르텔에게 공을 넘겨줍니다. 슈크르텔, 제임스 밀너에게 패스합니다.

　리버풀의 빌드업이 시작됐다.

　빠른 패스 위주로 흘러가는 전술.

　당연하게도 제임스 밀너, 필리페 쿠티뉴, 애덤 럴라나로 이어지는 연계는 빠르게 펼쳐졌다.

　다만, 이민혁에겐 느껴졌다.

　선수들과 전술이 완전히 맞아떨어지지 않는다는 걸.

　'훈련 때부터 느꼈는데, 뭔가 선수들과 감독님이 추구하는 전술이 어울리지 않는 느낌이야. 그래서 선수들이 지닌 실력에 비해서 경기력이 나오지 않는 것 같고.'

　불편한 느낌.

　그런 느낌을 받으며, 이민혁은 팀 동료 애덤 럴라나와 눈을 마주쳤다. 동시에 오른쪽 측면에서 중앙으로 움직이며 상대 수비수들의 뒷공간을 파고들었다.

　애덤 럴라나도 가만히 있지 않았다.

　이민혁이 파고들 것을 예상한 듯, 즉시 롱패스를 뿌렸다.

　퍼엉!

　정확도가 괜찮은 패스였다.

토니 크로스나 사비 알론소의 패스만큼은 아니었지만, 이 정도면 이민혁에겐 받기 쉬운 패스였다.

툭!

발등으로 공의 힘을 단숨에 죽여 놓는 순두부 터치.

그 아름다운 트래핑을 본 관중들은 참지 못하고 감탄을 내뱉었다.

"우와! 저 터치 뭐야?"

"정말 부드러운 터치였어! 역시 분데스리가의 축구황제다워! 기본기도 너무 완벽하잖아?"

"아름답다, 아름다워!"

하지만 아직 감탄을 내뱉기엔 일렀다.

이민혁은 속도를 죽이지 않고 공을 터치한 것이었고, 그대로 스피드를 살려서 튀어 나갔다.

상대 수비수들은 이민혁의 속도를 쫓지 못한다는 걸 알았다.

분석을 하기도 했지만, 본능적으로 느낄 수 있었다.

그래서.

스토크시티의 수비수 마르크 무니에사는 반칙을 선택했다.

튀어 나가는 이민혁의 다리를 걸고, 상체를 강하게 밀었다.

퍼어억!

"후우!"

이민혁이 숨을 강하게 내뱉으며 중심을 잡기 위해 노력했다.

넘어지면 아주 가까운 거리에서의 프리킥 기회를 얻는 상황.

하지만 더 좋은 기회를 날리게 된다.

여기서 뚫어 내면 골키퍼와의 일대일 상황을 만들 수 있다.

그래서 이민혁은 버티기로 했다.

다리가 걸리고 상체를 밀려 중심이 강하게 흔들렸지만, 이민혁의 신체 밸런스는 분데스리가 내에서 최고 수준이었다.

지금도 중심을 잡는 것에 성공했다.

더구나, 계속해서 전진을 방해하는 마르크 무니에사를 뿌리쳐 냈다. 그의 끈질긴 수비를 기어코 벗겨 내며 왼발을 휘둘렀다.

너무 빠른 타이밍에 나온 슈팅.

그토록 빠른 타이밍에 나온 슈팅이었지만, 힘까지 제대로 실려서 그 속도가 대단했다.

스토크시티의 골키퍼 잭 버틀랜드가 반응조차 하지 못할 정도로.

휘익!

잭 버틀랜드는 차마 몸을 날리지도 못하고 고개만 돌렸다.

지금, 그의 눈엔 보였다.

골 망을 흔들고 있는 공이.

*　　　　　*　　　　　*

―들어갔습니다! 이민혁이 두 번째 골을 터뜨립니다!

―이제 겨우 전반전 6분인데요! 이게 뭡니까? 이민혁이 프리미어리그 데뷔전에서 압도적인 실력을 보여 주고 있습니다! 분데스리가의 축구황제가 프리미어리그를 지배하기 위해 나타났습니다!

경기장에 거대한 함성이 터져 나왔다.

리버풀 FC를 응원하는 관중들은 제대로 정신을 차리지도 못할 정도로 흥분했다.

그만큼 대단한 골이었다.

완벽한 오프 더 볼 움직임과 아름다운 트래핑, 상대 수비수의 반칙성 플레이를 기어코 이겨 낸 강인함과 침착한 마무리까지.

축구를 좋아하는 팬이라면 알아차릴 수밖에 없는, 여러 기술이 집합된 골.

리버풀 FC 선수들도 흥분한 모습을 보였다.

이들은 이민혁에게 달려와 침을 튀겨가며 칭찬을 했다.

"이런 퍼킹 몬스터! 미친 거 아니야? 겨우 전반전 6분밖에 안 됐다고! 이건 정말 미쳤다고오오오!"

"훈련 때의 움직임을 실전에서도 그대로 보여 준다고? 이러면 이민혁을 누구도 못 막지!"

"크하하하! 완벽해! 이렇게나 완벽한 녀석과 동료로 뛸 수 있다니!"

"이봐, 민혁! 데뷔전에 몇 골이나 넣으려고 하는 거야? 팬들을 얼마나 더 흥분시킬 생각이냐고~!"

두 번째 골을 터뜨린 지금.

이민혁은 동료들과 기쁨을 나누고 있지만, 계속해서 경기에 대해서 생각했다.

분석과 실전에서 본 상대 움직임의 차이를 비교하며, 머릿속의 데이터를 정리했다.

'역시 이론이랑 실전은 달라. 스토크시티의 수비는 분석했던 것보다 훨씬 더 강한 느낌이야. 방금도 하마터면 넘어질 뻔했어.'

스토크시티의 센터백 마르크 무니에사의 기량은 뛰어났다.

판단도 좋았다.

이민혁의 스피드를 따라잡지 못할 거라는 걸 알고, 즉시 옐로카드를 받을 정도의 반칙을 선택한 것은 감탄이 나올 만한 판단이었다.

'스토크시티의 수비수가 이 정도라고?'

냉정히 말하면 스토크시티는 강팀이라고 보긴 힘들다.

물론 EPL의 모든 팀은 강팀이지만, 최상위권 팀들에 비하면 떨어진다는 평가를 받는 게 사실이었다.

그런 스토크시티의 수비수가 이 정도 기량을 보여 준다?

당연히 더 강한 팀이 보유한 수비수들의 기량은 더 뛰어날 가능성이 높았다.

이민혁이 씨익 웃었다.

'재밌네. 이러면 다른 팀들과의 경기를 기대할 수밖에 없잖아?'

벌써 강한 팀들과의 경기가 기다려졌다.

EPL의 최정상급 팀 수비수들이 지닌 기량은 얼마나 뛰어날지 하루빨리 상대해 보고 싶어졌다.

하지만, 그 전에 할 게 있었다.

'오늘 경기부터 제대로 즐겨 봐야겠어.'

스토크시티를 상대로 자신의 실력을 시험하는 것.

그게 우선이었다.

─경기 재개됩니다! 과연 오늘 이민혁 선수가 해트트릭을 할 수 있을까요?

─지난 시즌에 분데스리가에서만 45골을 기록할 정도로 엄청난 득점력을 지닌 이민혁이기에 더욱 기대되네요! 특히, 오늘 컨디션이 너무 좋아 보이거든요? 이민혁에게 익숙하지 않은 리그지만, 오늘 경기력을 보면 이미 적응을 끝낸 것처럼 보입니다!

해설들은 해트트릭에 대해서 이야기하기 시작했다.

경기를 지켜보는 전 세계 축구 팬들 역시 이민혁의 해트트릭을 기대하기 시작했다.

설마? 하는 마음이 더 컸지만, 두 골을 넣은 이민혁에게 기대감이 생길 수밖에 없었다.

이런 상황에서.

─이민혁이 측면에서 공을 받습니다. 팬들이 함성을 보내고 있습니다!

*　　　　　*　　　　　*

툭!

이민혁이 측면에서 공을 잡았다.

그 즉시 스토크시티 선수들의 눈에 경계심이 떠올랐다. 이들의 경계심은 행동으로도 드러났다.

─허허! 이민혁 선수가 공을 잡자마자 스토크시티 선수 두 명이 압박하네요. 이민혁 선수를 향한 경계심이 대단한데요?
─전반전 6분 만에 2골을 집어넣었으니 경계할 수밖에 없죠. 하지만 이민혁은 어지간해선 공을 빼앗기지 않는 선수죠!

해설들의 말은 틀리지 않았다.

이민혁은 분데스리가에서 가장 공을 안 뺏기는 선수였다. 그만큼 공을 다루는 기술이 뛰어났다.

그 능력은 지금도 빛을 발했다.

오른쪽 측면에서 공을 잡은 이민혁에게 스토크시티 선수 2명이 달라붙었지만.

이민혁은 공을 지켜 냈다.

강한 압박을 받으면서도 얼굴엔 여유가 드러났다. 침착하게 상대의 움직임에 맞춰서 자세를 낮추고 방향을 바꾸며 공을 컨트롤했다.

이때, 두 명의 선수가 강하게 몸을 부딪쳐 왔다.

콰악!

이민혁이 오른발로 땅을 강하게 찍었다. 이렇게 하지 않으면 버틸 수가 없었다. 그만큼 상대의 압박은 강했다.

이어서 상대가 더 강하게 덤벼들었다. 이민혁은 당황하지 않았다.

'지금!'

오히려 기다렸던 순간이었으니까.

툭!

한쪽으로 도망가는 드리블은 너무 흔하다. 상대가 충분히 예상할 수 있는 패턴이다. 더구나 상대 선수들은 프리미어리그급 선수들. 뻔한 건 통하지 않을 가능성이 높다.

그래서 이민혁은 상대의 발이 들어온 순간을 노렸고, 두 명 사이로 공을 밀어 넣었다.

동시에.

타앗! 휘익!

땅을 박차고 파고들었다. 두 선수가 다급히 공간을 좁히려고 했지만, 이민혁은 그보다 더 빠르게 파고들었다.

할 수 있는 한 가장 빠르게, 할 수 있는 한 가장 강하게 침투했다.

퍼억!

두 선수와 부딪친 건 고통스러웠지만, 버텨 냈다. 바이에른 뮌헨 시절 바스티안 슈바인슈타이거와 하비 마르티네스의 사이를 파고들었을 때는 이것보다 훨씬 더 힘들었다.

'매번은 아니지만, 그 둘을 한꺼번에 상대할 때도 종종 이겨 냈잖아?'

하비 마르티네스와 슈바인슈타이거의 협동 수비마저 뚫어 낸 이민혁이었다.

스토크시티의 풀백과 수비형 미드필더를 동시에 상대하는 건 분명 힘든 일이지만, 이겨 내지 못할 정도라고 느껴지진 않았다.

—이민혁이 두 명의 압박을 이겨 냅니다! 역시 이민혁입니다! 프리미어리그에서도 세계 최고 수준의 탈압박을 보여 주네요!

　—대단한 피지컬이고, 대단한 드리블입니다! 스토크시티의 압박은 분명 굉장히 강했거든요!

　경기를 지켜보던 관중들의 눈이 커졌다.

　수준 낮은 선수도 아니고 스토크시티 선수 두 명이 거칠게 압박하는데 그걸 빠져나온다? 그것도 공을 지켜 내며?

　EPL에선 쉽게 보기 힘든 장면이었고, 이들 모두 놀라움을 드러냈다.

　그런데, 놀라운 장면은 끝나지 않았다.

　이민혁은 위기를 느끼고 달려든 스토크시티의 센터백 제프 캐머런의 움직임에 맞춰 마르세유 턴을 사용했다. 부드럽게 몸을 돌리는 타이밍은 완벽했다. 반칙으로 이민혁의 움직임을 막으려던 제프 캐머런이 아무것도 하지 못하게 됐을 정도로.

　—이민혁이 또다시 한 명을 제쳐 냅니다! 이야~! 제프 캐머런이 이렇게 쉽게 제쳐지네요!

　휘익!

　몸을 한 바퀴 돌리며 수비수를 제쳐 낸 이민혁은 그대로 다리를 휘둘렀다.

　[20% 확률로 '예리한 슈팅' 스킬 효과가 발동됩니다!]

[슈팅의 정확도가 대폭 상승합니다.]

[상대의 페널티박스 바깥에서 슈팅했습니다!]
['중거리 슈터' 스킬 효과가 발동됩니다!]
[슈팅의 정확도가 대폭 상승합니다.]

메시지들이 떠올랐지만, 이민혁의 집중력은 흔들리지 않았다.

끝까지 스토크시티의 골대 구석을 주시했다.

공은 이민혁이 원하는 곳을 향해 원하는 속도로 큰 오차 없이 날아갔다.

즉, 상대 골키퍼가 손을 쓸 수 없는 슈팅이었다.

＊　　　　＊　　　　＊

우와아아아아아아아!

리버풀 팬들의 함성이 쏟아졌다.

스토크시티의 홈구장이었지만, 리버풀의 팬들이 내지르는 함성이 경기장에 가득했다.

전부 해트트릭을 기록한 이민혁을 향한 함성이었다.

"이민혁은 최고의 선수야! EPL 데뷔 경기에서 해트트릭을 기록할 줄이야!"

"프리미어리그에서 안 통한다던 놈들은 쪽팔려서 숨고 싶어지겠군. 이민혁은 자신이 왜 분데스리가의 축구황제인지를 이 한 경기로 충분히 증명했어."

"와우… 스토크시티의 수비진이 이민혁 한 명한테 털리고 있 잖아? 이렇게 수준이 다르다고……?"

"호호! 분데스리가의 수비수들은 이민혁이 사라져서 다행이라 고 생각하고 있겠어!"

"이민혁에겐 적응 기간도 필요 없다는 건가……?"

"놀라워! 이제 겨우 19세의 선수가 이런 경기력이라니……! 여 기서 더 발전하면 도대체 얼마나 대단해진다는 거야?!"

"큭큭큭! 행복해서 죽어 버릴 것 같다! 리버풀을 응원해 온 보 람을 드디어 느끼게 되는군! 이렇게 시원시원하게 상대를 박살 내는 선수가 리버풀에 와 주다니!"

같은 시각, EPL 팬들이 활동하는 축구 커뮤니티의 반응도 뜨 거웠다.

이들 모두 이민혁에 관해서 이야기하고 있었다.

└오… 리버풀이 너무 부럽다. 이민혁 같은 선수를 얻다니… 우 리 맨체스터 유나이티드는 도대체 뭔 짓거리를 하고 있는 걸까? 자꾸 비싼 돈으로 이상한 놈들이나 사 오고 있잖아.

└리버풀은 이민혁을 영입한 덕에 이번 시즌 우승을 노려볼 수 있겠어.

└리버풀이 우승을? 리버풀은 6위 정도가 딱 어울리는 팀인 데? 아무리 이민혁이라고 해도 리버풀 따위를 우승으로 이끌긴 힘 들걸?

└이민혁은 한국국가대표팀을 끌고 월드컵 우승을 했던 선수 야. 당시 한국국가대표팀의 수준을 보면 깜짝 놀랄걸? 정말 끔찍

할 정도로 못하는 선수들을 모아 놨거든.

ㄴ월드컵에서 한국이 우승한 건 충격적인 일이긴 했지. 그때 이민혁의 플레이는 보는 것만으로도 소름이 돋았어.

ㄴ당장 오늘 보여 준 플레이를 봐. 이 선수를 누가 막을 수 있을까? 난 솔직히 이민혁이 리오넬 메시보다 더 막기 힘든 선수 같아.

ㄴ수비수에게 이민혁을 상대하는 건 재앙이지. 그보다 정확한 양발 슈팅을 구사하는 선수는 없으니까. 또, 드리블도 세계 최고 수준이고.

ㄴ이민혁의 드리블 성공률이 높은 이유는 기술이 좋기도 하지만, 그의 양발 슈팅 때문이기도 해. 그를 막는 선수들은 언제 튀어나올지 모르는 슈팅을 경계해야 하거든.

ㄴ이민혁의 스피드는 로번보다도 빨라. 그냥 공을 치고 달리면 그 누구도 못 쫓더라.

"하하!"

이민혁이 웃음을 터뜨렸다.

EPL에 오길 잘했다는 생각이 들었다. 그만큼 경기는 재밌었다. 스코어는 일방적이지만, 상대의 압박은 절대 쉽지 않았다.

그래서 더 즐거웠다.

"경험치도 꽤 잘 오르고."

EPL에서의 첫 해트트릭, 그에 대한 보상은 확실했다.

[퀘스트를 완료하셨습니다!]

[퀘스트 내용: EPL 데뷔전에서 해트트릭을 기록하세요.]

[보상으로 경험치가 100% 증가합니다.]

[퀘스트를 완료하셨습니다!]
[퀘스트 내용: EPL 데뷔전에서 전반전에 해트트릭을 기록하세요.]
[보상으로 경험치가 100% 증가합니다.]

[퀘스트를 완료하셨습니다!]
[퀘스트 내용: EPL 데뷔전에서 전반전에 3개의 공격포인트를 기록하세요.]
[보상으로 경험치가 50% 증가합니다.]

[퀘스트를 완료하셨…….]
…….

[레벨이 올랐습니다!]
[레벨이 올랐습니다!]
[레벨이 올랐습니다!]

"데뷔전 버프가 있다지만, 그렇다고 해도 오늘만 벌써 4개의 레벨이 올랐잖아?"

3개의 레벨업이 주는 만족감은 대단했다.

높이 올라간 이민혁의 입꼬리는 내려올 생각을 하지 않았다.

[스탯 포인트 3을 사용하셨습니다.]

[탈압박 능력치가 3 상승합니다.]
[현재 탈압박 능력치는 108입니다.]

[스탯 포인트 3을 사용하셨습니다.]
[몸싸움 능력치가 3 상승합니다.]
[현재 몸싸움 능력치는 103입니다.]

능력치가 올랐다는 메시지를 보며, 이민혁은 생각했다.

"더 잘해야겠어."

더 많은 공격포인트를 기록해야겠다고.

환하게 웃는 이민혁의 모습에 리버풀 팬들의 환호성은 더욱 커졌다.

팬들 모두 이민혁에게 집중했다.

이민혁이 공을 잡기만을 기다렸다. 그리고, 그 시간은 오래 걸리지 않았다.

전반 38분, 이민혁이 조던 헨더슨의 패스를 받아 몸을 돌렸다. 상대가 그 즉시 달라붙었지만, 이민혁은 상체 페인팅에 이은 팬텀 드리블로 상대의 압박을 벗어났다.

물 흐르듯 부드러운 움직임.

스토크시티의 미드필더들은 당황하며 이민혁을 둘러쌌다. 이민혁이 돌파할 것을 경계하며 빠르게 압박을 시도한 것이다.

그런데 그 순간.

투욱!

이민혁이 공을 찍어 찼다.

공의 움직임에 맞춰서 선수들의 고개가 돌아갔다.

포물선을 그리며 날아간 공은 오프사이드트랩을 뚫어 낸 필리페 쿠티뉴가 받아 냈다.

갑작스레 들어간 패스였기에, 선수들의 반응은 늦었다.

필리페 쿠티뉴가 슈팅을 때리는 것조차 방해하지 못했을 정도로.

퍼엉!

쿠티뉴의 오른발이 불을 뿜었다.

매우 뛰어난 오른발 슈팅을 지닌 선수답게, 그가 때려 낸 슈팅이 정확하게 반대편 구석으로 파고들었다.

철렁!

경쾌하게 흔들리는 골 망.

그걸 본 필리페 쿠티뉴는 잔뜩 흥분한 채, 관중들을 향해 달렸다.

와아아아아아!

리버풀의 팬들이 자리에서 일어나 목에 핏대를 세우며 소리를 질러 댔다.

그만큼 흥분하고 있었다.

그럴 수밖에 없었다.

이제 겨우 전반 40분도 안 된 상황인데, 스코어는 4 대 0이 되었으니까.

다만, 팬들은 알지 못했다.

흥분할 일은 아직 많이 남았다는 걸.

퉁!

이민혁이 가슴으로 공을 받아 냈다.

퍼억!

스토크시티의 풀백이 몸을 부딪치며 트래핑을 방해했다. 하지만 이민혁이 누구인가. 강인한 몸싸움에 뛰어난 신체 밸런스를 지닌 선수이지 않은가.

중심이 흔들리는 상황에서도 가슴으로 떨어뜨린 공을 무릎으로 컨트롤해 냈다. 휘익! 이민혁이 바닥으로 공을 떨어뜨리며 재빨리 몸을 틀었다. 상대 풀백을 등지는 움직임.

상대가 빠르게 반응하며 다리를 뻗었지만 이민혁은 기다렸다는 듯 반대로 몸을 회전했다.

이민혁 특유의 부드러운 드리블에 풀백이 제쳐졌다.

투욱! 타닷!

측면에 있던 이민혁이 중앙으로 파고들었다. 페널티박스 바깥. 이럴 때 할 수 있는 가장 좋은 플레이 중 하나가 떠올랐다.

바이에른 뮌헨 시절, 아르연 로번에게 직접 배운 매크로 슈팅.

이민혁은 머리와 몸이 기억하는 그대로 반대편 상단 구석을 향해 공을 감아 찼다.

퍼어엉!

강력한 슈팅이 상대의 골 망을 흔들었다.

전반전이 끝나기 전에 나온 이민혁의 네 번째 골.

리버풀 FC의 팬들은 정신을 차리지 못했다.

경기장에 있는 붉은 물결이 경쾌하게 움직였다.

"우오오오오오오! 우오오오오옷!"

"으갸갸?! 뭐야? 뭐냐고오오오?! 으흐흐! 벌써 5 대 0이야?! 말도 안 돼!"

"이민혁, 저 녀석! 진짜 괴물이었잖아? 이게 도대체 무슨 일이야? 지금 무슨 일이 벌어지고 있는 거냐고?!"

"으흐흐흐흐! 이민혁 덕분에 너무 기쁘다! 경기장에 있는 시간이 너무 행복해!"

"오늘 이민혁이 풀타임으로 뛰는 걸 볼 수 있겠지? 이렇게 컨디션이 좋은 선수를 빼진 않을 거 아니야? 만약 그러면 나는 브렌던 로저스 감독을 가만두지 않을 거야."

"리는 확실히 클래스가 달라……."

"이민혁이 더 강한 팀을 상대로 어떤 모습을 보여 줄지 벌써 궁금하네. 첼시나 맨체스터 시티를 상대로도 이렇게 잘하면 대박일 텐데!"

잔뜩 흥분한 팬들.

이들은 전혀 알아차리지 못했다.

이민혁의 전반전 활약은 아직도 끝나지 않았다는 걸.

＊   ＊   ＊

현재 스코어 5 대 0.

전반전이 끝날 때까지는 2분도 남지 않은 상황이었다.

단 한 번의 기회만 잡을 수 있는 시간.

그런 상황에서 공격권을 얻은 팀은 스토크시티였다.

스토크시티 선수들은 지금까지 당해 온 것을 복수할 생각으로 빠른 템포로 공격을 진행했다.

그렇게 하려고 했다.

하지만, 이들이 원하는 일은 일어나지 않았다.

촤아아악!

―오오오오오! 이민혁입니다! 이민혁이 이브라힘 아펠라이의 공을 뺏어 냅니다! 정말 엄청난 슬라이딩태클이네요!

―리버풀의 역습입니다!

이민혁은 손바닥으로 잔디를 짚고 몸을 일으켰다. 태클을 하며 튕겨 나간 공은 멀지 않은 곳에 떨어졌다.

툭!

재빨리 공을 잡은 이민혁이 속도를 높였다.

상대 윙어의 공을 뺏은 지금, 역으로 상대의 측면을 뚫어 낼 생각이었다.

아직 남은 시간은 1분이 좀 넘는다.

이 정도면 기회 한 번을 만들기엔 충분하다고 생각했다.

방해는 있었다.

스토크시티의 수비형 미드필더 글렌 횔런이 역습을 끊어 내기 위해 시도한 슬라이딩태클.

이민혁은 공과 몸을 공중으로 띄우며 글렌 횔런의 태클을 피해 냈다.

분데스리가와 챔피언스리그에서 가끔 보여 준 이민혁 특유의 움직임.

—우와아아아! 이민혁이 태클을 피해 냅니다! 허허허! 공을 찍어
차고, 점프해서 상대의 슬라이딩태클을 피해 내네요! 너무 놀라워
서 어이가 없는 움직임이네요!
—이민혁의 시그니처 무브 중 하나죠. 다른 누구도 따라 할 수
없는 움직임입니다!

이민혁의 놀라운 움직임에 경기장이 더욱 뜨겁게 달궈졌다.
심지어 스토크시티의 팬들조차 이민혁의 움직임을 보고 경악
했다.
"지, 지금 글렌 휠런의 태클을 점프해서 피해 낸 거야……? 저
게 말이 돼?"
"…이민혁 저 자식… 도대체 뭐야? 저런 움직임을 어떻게……."
"드리블의 신이라도 돼? 슬라이딩태클을 저런 식으로 피하는
선수는 본 적이 없는 것 같은데……?"
"미쳤구만……."
실시간으로 경기를 지켜보던 EPL 팬들의 반응도 크게 다르지
않았다.

ㄴ오우… 깜짝이야! 저게 뭐야? 이민혁은 대체 우리를 얼마나
더 놀라게 하려는 걸까?
ㄴ말도 안 돼! 이야… 저게 가능한 플레이였어? 공을 찍어 차고
몸을 띄워서 태클을 피한다? 미친! 게임에서도 안 될 것 같은 플레

이를 보여 주네.

　ㄴ오늘 몇 번이나 똑같은 생각을 하게 되네. 이민혁을 영입한 리버풀이 너무 부럽다…….

　ㄴ다른 건 몰라도, 이민혁의 슈팅과 저 미친 볼 컨트롤 능력은 세계 최고야.

　ㄴ스피드도 세계 최고일걸?

　ㄴ역사에 남을 데뷔전이구만. 지금까지 EPL을 봐오면서 이민혁만큼 충격적인 데뷔전을 치른 선수는 없었어.

　ㄴ더 놀라운 건 이제 겨우 전반전이라는 거지.

＊　　　　＊　　　　＊

툭! 툭!

이민혁은 빠르지만 침착하게 공을 몰고 전진했다.

오른쪽 측면을 파고드는 데 걸리는 시간은 짧았다. 워낙 빠른 스피드를 지닌 이민혁이었고, 역습이었기에 방해가 거의 없었다.

유일한 방해꾼 글렌 휠런과의 거리는 크게 벌어져 있었다.

측면으로 들어온 이민혁이 할 건 간단했다.

'한 골 넣으셔야지.'

거구의 몸을 이끌고 페널티박스 안으로 열심히 뛰어 들어오고 있는 동료 크리스티안 벤테케를 향해 크로스를 뿌리는 것.

'상대 풀백의 방해가 있었다면 더 좋았을 텐데.'

'정교한 크로스' 스킬이 발동될 기회가 생기지 않은 것에 아쉬워하며, 이민혁은 오른발로 강하게 공을 감아 찼다.

퍼어엉!

경쾌한 소리와 함께.

[20% 확률로 '예리한 패스' 스킬 효과가 발동됩니다!]
[패스의 정확도가 대폭 상승합니다.]

떠오른 메시지.

공은 더욱 정확하게 크리스티안 벤테케의 머리를 향해 휘어 들어갔다.

투웅!

머리로 강하게 때려 낸 공은 골키퍼가 예상할 수 없는 방향으로 휘어졌고.

철썩!

그대로 골 망을 흔들었다.

스토크시티의 골키퍼 잭 버틀랜드는 허탈한 얼굴로 고개를 숙였고.

스토크시티의 팬들은 손바닥으로 얼굴을 감싸 쥐었다.

─이야… 스토크시티가 완전히 무너집니다. 아직 전반전인데… 허허허… 스코어는 6 대 0이 되었습니다.

─충격적인 경기인데요? 벤테케의 골도 대단했지만, 이민혁의 플레이가 너무 놀랍습니다. 분데스리가에서 워낙 대단한 활약을 해온 이민혁이기에 EPL에서도 충분히 좋은 활약을 할 거라는 예상이 많았지만, 그래도 데뷔전부터 이렇게 완벽한 모습을 보여 줄 줄

은 몰랐는데요.

　—아무래도 리그마다 차이가 있기에 적응 기간은 당연히 필요할 거라는 의견이 지배적이었죠. 그런데 이건… 그 의견들이 틀렸었네요. 이민혁에겐 적응 기간은 필요하지 않았던 것 같습니다.

　크리스티안 벤테케의 골, 그리고 이민혁의 어시스트가 기록된 이후.

　전반전이 종료됐다.

　"다들 정신 차려! 왜 그렇게 위축되어 있는 거야? 더 자신감 있게 하란 말이야!"

　스토크시티의 라커 룸은 비상이었다.

　감독과 코치들은 어떻게든 분위기를 돌리기 위해 소리를 치고, 다급하게 전술을 수정했다.

　스토크시티의 감독, 코치, 선수들 모두 바랐다.

　후반전엔 분위기가 바뀌기를.

　긍정적인 변화가 생기기를.

　잠시 후.

　삐이이이익!

　후반전이 시작됐다.

　—경기 시작됩니다! 6 대 0으로 밀리고 있는 스토크시티가 후반전엔 어떤 무기를 들고 왔을까요?

―선수를 교체하진 않았지만, 분명 전술에는 변화를 줄 것 같습니다.

　스토크시티의 변화된 전술은 다음과 같았다.
　측면보단 리버풀의 중앙과 뒷공간을 뚫기 위한 전진패스를 시도했고.
　태클이 좋은 이민혁이 있는 왼쪽보단 반대쪽 측면을 위주로 공격을 전개했다.
　그러나, 이것조차 제대로 통하지 않았다.

　―이민혁이 조나단 월터스의 공을 뺏어 냅니다! 하하하! 진짜 볼 때마다 놀라운 태클이네요! 이 정도면 슬라이딩태클의 장인이라고 불려도 되지 않을까요?
　―이민혁 선수는 수비 능력도 점점 발전해서, 이제는 어지간한 수비수들보다도 좋은 모습을 보여 주고 있긴 하죠. 게다가 태클 능력만큼은 세계적인 실력이라고 해도 절대 과언이 아닙니다. 그나저나 스토크시티로선 뼈아픈 상황이네요. 일부러 이민혁이 없는 측면을 노렸는데, 이민혁은 그걸 알고 있었다는 듯 애덤 럴라나와 끊임없이 스위칭을 해 주고 있거든요? 방금도 이민혁 선수가 왼쪽 측면으로 이동해서 조나단 월터스의 공을 뺏어 냈고요!

　이민혁은 얄미울 정도로 스토크시티의 전술을 파훼해 냈다.
　애덤 럴라나와 스위칭을 해 가며 상대의 측면 공격을 막아 냈고.

중앙을 노리는 상대의 전진패스는 강한 압박과 적극적인 태클 시도로 막아 냈다.

스토크시티로선 할 게 없어졌다.

오히려 역습을 조심하느라 전반전과 같이 소극적으로 변해 버렸다.

―이민혁이 공을 잡습니다. 이민혁이 이젠 중앙으로 내려와서 공을 받아 주네요.

―이민혁이 경기장 전체를 휘젓고 있습니다! 이민혁이 수비부터 공격까지 모든 걸 이끄는 느낌입니다!

소극적으로 변해 버린 스토크시티를 상대로.

리버풀은 더욱 적극적으로 공격을 전개했다.

특히, 이민혁은 화려한 기술들을 뽐내며 팬들을 열광하게 했다.

―오오오! 이민혁이 마르세유 턴으로 찰스 아담을 제쳐 냅니다! 찰스 아담이 팔을 잡네요! 이민혁, 넘어지지 않습니다! 정말 강인하네요! 오오?! 우와! 이민혁이 찰스 아담을 다시 한번 농락합니다!

이민혁은 반칙까지 하며 끈질기게 달라붙는 찰스 아담의 가랑이 사이로 공을 집어넣었다.

찰스 아담이 반응하기도 전에 이민혁은 이미 그와 멀어졌다.

빠른 속도로 드리블하며, 달려드는 선수들을 침착하게 제쳐 냈다.

두 명, 세 명, 네 명까지 제쳐 내자 눈앞에 보이는 선수는 오직 골키퍼뿐이었다.

이민혁에겐 너무 편한 상황.

부담감은 조금도 없었다.

골키퍼는 튀어나오지 않았다.

이민혁의 칩숏 정확도가 매우 높다는 걸 분석을 통해 인지하고 있었기 때문이었다.

그러나, 이민혁에겐 전혀 문제 될 게 없었다.

'나오지 않으면.'

이민혁은 망설임 없이 다리를 휘둘렀다.

'막기 어려운 슈팅을 때리면 되니까.'

발의 안쪽으로 강하게 감아 찬 슈팅이 쏘아졌다.

동시에 메시지가 떠올랐다.

[상대의 페널티박스 안에서 슈팅했습니다!]
['페널티박스 안의 피니셔' 스킬 효과가 발동됩니다!]
[슈팅의 정확도가 대폭 상승합니다.]

상대의 페널티박스 안에서 슈팅할 때, 정확도가 대폭 상승하는 '페널티박스 안의 피니셔' 스킬.

이 스킬이 발동된 순간, 이민혁이 때려 낸 슈팅은 더욱 정확도가 높아졌다.

원하는 곳으로 정확하게 날아간 공은 잭 버틀랜드 골키퍼가 지키는 스토크시티의 골문을 뚫어 냈다.

─고오오오오오올! 골입니다! 이민혁이 다섯 번째 골을 터뜨립니다! 네 명을 제치고 넣은 원더골! 몇 미터를 드리블해서 넣은 건가요? 굉장합니다!

─이민혁이 경기장에 있는 리버풀 팬들이 앉아 있질 못하게 만들고 있습니다!

─리그 첫 경기에서 다섯 골입니다! 이민혁 선수! 이러다가 EPL에서도 득점왕이 되겠는데요?

─이미 분데스리가에서 압도적인 골 개수로 득점왕이었지 않습니까? 오늘과 같은 경기력이라면 EPL에서도 충분히 득점왕이 될 수 있을 것 같습니다.

60m의 거리를 홀로 드리블해서 넣은 골.

이 압도적인 장면에 경기를 지켜보던 모든 축구 팬들이 경악했다.

특히, 한국 축구 팬들은 더욱 열광적인 반응을 보였다.

└ㄷㄷㄷㄷㄷ미친 거 아님? EPL 데뷔전부터 5골을 넣는다고?

└와;;;;; 너무 압도적인 거 아니야?ㅋㅋㅋ 이민혁 진짜 개사기인데?

└ㅋㅋㅋㅋㅋㅋㅋㅋㅋㅋEPL 놈들 당황스러울 거다ㅋㅋㅋㅋㅋㅋ이민혁이 이렇게 잘할 줄 몰랐지?

└분데스리가 봐 온 사람들한텐 익숙한 장면들이지. 이민혁은

이미 분데스리가가 2014/15시즌 때부터 막을 수가 없는 선수였음. 괜히 신계에 오를 선수라고 평가받았겠어? 그리고 사실상 지난 시즌만 보면 리오넬 메시나 크리스티아누 호날두보다 이민혁이 훨씬 좋았어.

ㄴ위에 축잘알이네. 네임 밸류 때문에 메시랑 호날두가 높게 평가받는 거지, 지난 시즌만큼은 이민혁이 신급 선수였음. 못 믿는 놈들은 당장 오늘 경기를 봐. 메시나 호날두가 이민혁처럼 할 수 있을 것 같냐? 심지어 이민혁은 기복도 없어.

ㄴ이민혁은 어떻게 기회를 놓치는 경우가 없냐? 일대일에선 다 넣는 듯ㄷㄷㄷ

ㄴ스토크시티가 EPL에서 강한 편은 아니니까, 앞으로 강팀이랑 붙는 것도 봐야 해. 하지만 오늘 이민혁이 보여 준 실력이면 의심할 필요가 없을 것 같긴 하네.

ㄴㅋㅋㅋㅋ이쯤 되면 분데스리가의 축구황제가 아니라 그냥 축구황제 아니야?

후반전 11분 만에 나온 골.

이 골이 터진 이후에도 이민혁의 활약은 계속됐다.

―이민혁! 굉장한 드리블입니다! 상대 선수들을 손쉽게 제쳐 내네요!

―이민혁! 직접 공을 몰고 갑니다! 어어? 패스입니다!

후반 19분, 두 명을 제쳐 내며 시도한 스루패스가 스토크시티 수비진을 꿰뚫고 필리페 쿠티뉴에게 연결됐다.

위협적인 오른발 슈팅을 지닌 필리페 쿠티뉴.

그는 전반전에 그랬던 것처럼 강한 오른발 슈팅으로 스토크시티의 골문을 열었다.

─이민혁의 어시스트에 의한 필리페 쿠티뉴의 골! 리버풀이 스토크시티를 충격에 빠뜨립니다!

스코어는 이제 8 대 0이 됐다.

아직 경기가 끝나려면 꽤 많은 시간이 남아 있었고.

이민혁의 체력은 아직도 쌩쌩했다.

Chapter. 2

후반 20분도 되기 전에 만들어진 8 대 0 스코어.

강팀들이 모인 EPL에선 쉽게 나오기 힘든 스코어였다.

당연하게도 스토크시티 선수들은 물론이고, 경기를 보는 팬들까지 당황했다.

—리버풀이 계속해서 스토크시티를 몰아붙입니다! 리버풀이 이대로 끝낼 생각이 없는 모양이네요!

스토크시티는 리버풀의 공격을 막지 못했다.

선수들의 멘탈이 이미 무너졌기 때문이었다.

이런 상황에서 이민혁의 움직임은 스토크시티 수비진을 완전히 박살 내기에 충분했다.

―물 만난 물고기가 따로 없네요! 이민혁이 스토크시티의 수비진을 휘젓고 있습니다! 스토크시티가 이민혁을 막지 못하고 있습니다!

　이민혁이 지닌 최고의 무기는 슈팅과 스피드다.
　그러나 이제는 패스도 훌륭한 무기였다.
　더구나 레벨 190이 되었을 때 얻은 '패스의 길' 스킬로 인해 더 강한 무기가 됐다.
　지금도 그랬다.
　페널티박스 안을 휘저은 이민혁이 옆으로 공을 밀었다.
　툭!
　가볍게 밀어낸 공.
　이민혁에게 신경이 쏠렸던 스토크시티의 수비수들은 제대로 반응하지 못했다.
　스토크시티의 스트라이커 크리스티안 벤테케는 그 공을 골대 안으로 가볍게 밀어 넣었다.

　―크리스티안 벤테케! 깔끔한 마무리로 추가골을 터뜨립니다! 이민혁도 어시스트를 추가합니다!
　―이젠 놀랍다는 말도 식상하게 느껴질 정도네요! 이민혁 선수! 벌써 9개의 공격포인트를 기록했습니다!

　스토크시티에겐 끔찍한 시간이었지만, 리버풀에겐 축제였다.

축제는 경기가 끝날 때까지 이어졌다.

삐이이이익!

「리버풀 FC, 2015/16시즌 첫 경기에서 스토크시티 상대로 12 대 0 대승!」

「분데스리가의 축구황제, EPL도 지배하러 왔다. 이민혁, 스토크시티전 5골 5어시스트 터뜨리며 팬들을 충격에 빠뜨려!」

「이민혁, EPL 데뷔전에서 공격포인트 10개 기록하며 클래스 증명해!」

「EPL 팬들을 놀라게 한 한국의 이민혁! 수준이 다른 실력으로 스토크시티를 무너뜨렸다.」

리버풀의 충격적인 12 대 0 승리 소식과 이민혁의 활약상은 전 세계적으로 화제가 됐다.

분데스리가의 왕이던 이민혁이 EPL에서도 통한다는 사실에 독일 팬들도 기쁨을 드러냈다.

ㄴ크흐흐흐! 역시 분데스리가가 약한 게 아니었어! 그냥 이민혁이 미친놈이었던 거야.

ㄴ이민혁은 역시 괴물이야. 저 녀석은 못 막지.

ㄴ5골 5어시스트? 큭큭! 그럴 수 있지. 분데스리가를 보는 팬들에겐 익숙한 일이야. 분데스리가 최고의 수비수들도 탈탈 털어버렸던 괴물이 이민혁이니까.

ㄴ이민혁이라면 그럴 수 있지. EPL 놈들 아마 스토크시티가 약팀이라서 이렇게 된 거라고 믿으려고 하겠지? 하지만 곧 알게 될거야. 이민혁은 상대를 안 가린다는 걸.

ㄴ이민혁은 도르트문트도 농락한 녀석인걸. 챔피언스리그에선 FC 포르투, 바르셀로나, 유벤투스를 상대로도 압도적인 경기력을 보여 줬었고.

ㄴ이민혁이 분데스리가에 이어서 EPL에서도 최고의 선수가 되겠구나.

같은 시각, 충격적인 데뷔전으로 전 세계 축구 팬들을 놀라게 한 이민혁은 덤덤한 얼굴로 감독, 코치, 동료들과 기쁨을 나눴다.

이어서 상대 선수들과도 인사를 나누며 신사적인 모습을 보였다.

그다음으로 이민혁은 허공에 떠오른 메시지에 집중하기 시작했다.

[퀘스트를 완료하셨습니다!]
[퀘스트 내용: EPL 데뷔전에서 팀의 승리를 이끄세요.]
[보상으로 경험치가 대폭 증가합니다.]

[퀘스트를 완료하셨습니다!]
[퀘스트 내용: EPL 데뷔전에서 10개의 공격포인트를 기록하세요.]
[보상으로 경험치가 100% 증가합니다.]

[퀘스트를 완료하셨습니다!]
[퀘스트 내용: EPL 데뷔전에서 5개의 골을 기록하세요.]
[보상으로 경험치가 100% 증가합니다.]

[퀘스트를 완료하셨습니다!]
[퀘스트 내용: EPL 데뷔전에서 5개의 어시스트를 기록하세요.]
[보상으로 경험치가 50% 증가합니다.]

[퀘스트를 완료하셨…….]
…….

[레벨이 올랐습니다!]
[레벨이 올랐습니다!]

"진짜 경험치 잘 주네."

이민혁은 옅게 웃으며 상태 창을 확인했다.

"레벨이 벌써 198이 됐잖아?"

어느덧 레벨은 198이 되어 있었다.

이제 2개의 레벨만 더 올리면 200이 되고, 새로운 스킬도 얻을 수 있게 된다.

이민혁은 빠른 성장에 감탄하며 스탯 포인트를 사용했다.

[스탯 포인트 2를 사용하셨습니다.]

[탈압박 능력치가 2 상승합니다.]
[현재 탈압박 능력치는 110입니다.]

[스탯 포인트 2를 사용하셨습니다.]
[몸싸움 능력치가 2 상승합니다.]
[현재 몸싸움 능력치는 105입니다.]

능력치가 올랐다는 메시지들.

볼 때마다 만족스러운 내용이었다.

"EPL에서도 어지간해서 몸싸움에서 밀릴 일은 없겠네."

*　　　　*　　　　*

프리미어리그 2015/16시즌 1라운드 경기들이 모두 끝난 이후.

가장 주목받은 팀은 지난 시즌에 우승한 첼시가 아니었다.

웨스트브롬에게 3 대 0 승리를 거둔 맨체스터 시티도 아니었고, 선덜랜드를 상대로 승리한 지난 시즌 강등권 레스터시티도 아니었다.

리버풀 FC.

지난 시즌 6위로 시즌을 마쳤던 이 팀이 가장 많은 주목을 받았다.

여름 이적 시장에서 가장 뜨거웠던 이민혁을 영입한 것으로도 많은 주목을 받았었는데, 그렇게 영입한 이민혁이 데뷔전에서 5골 5어시스트라는 미친 활약을 펼쳤기 때문이었다.

물론, 분데스리가의 팬들과 한국 축구 팬들을 제외한 모든 팬은 예상하지 못했다.

이민혁이 다음 경기에서도 놀라운 활약을 펼친다는 것을.

그리고.

오직 한국 축구 팬들과 독일 축구 팬들만 예상했던 일이 정말로 일어났다.

「리버풀, 리그 2라운드 경기에서 본머스 상대로 11 대 0 대승 거둬!」

「이민혁, 4골 6어시스트 기록하며 또다시 믿을 수 없는 활약 펼쳐!」

「데뷔전에 이어 2라운드에서도 압도적인 공격포인트 기록한 이민혁, 다음 경기엔 어떤 모습 보여 줄까?」

「브렌던 로저스 감독, '이민혁이 훈련하는 모습을 보면, 난 눈을 비비곤 한다. 이게 꿈인지 현실인지 구분이 안 되기 때문이다. 내 말이 무슨 말인지는 이민혁의 경기를 본 사람이라면 이해할 것이다. 이민혁은 훈련할 때마다 경악스러운 실력을 보여 준다. 그는 내가 봐 왔던 선수 중 최고다.'」

이민혁은 2라운드에 펼쳐진 본머스와의 경기에서 4골 6어시스트를 기록하며, 팬들을 또다시 놀라게 했다.

하지만, 여전히 이민혁에 대한 의심을 거두지 않는 팬들도 많았다.

EPL의 팬들은 이민혁이 진짜 강팀을 만나기 전까진, 거품이 있을 수도 있다는 말을 계속해서 뱉어 댔다.

그리고.

드디어 이민혁이 강팀을 만나게 됐다.

프리미어리그 3라운드 경기.

리버풀의 상대는 아스널이었다.

EPL에서 강팀으로 평가받는 아스널과 리버풀의 맞대결.

당연하게도 이 경기는 축구 팬들 사이에서 커다란 화제가 됐다.

「압도적인 경기력으로 2연승 거둔 리버풀 FC, 아스널 상대로도 좋은 경기력 보여 줄 수 있을까?」

「이민혁, 아스널마저 무너뜨릴까?」

게다가, 이 대결에 더욱 불을 붙인 남자가 있었다.

「아르센 벵거 감독, '아스널은 강하다. 이민혁 하나에게 무너질 팀이 아니다. 아스널이 스토크시티와 본머스와는 다르다는 걸 보여 줄 것.'이라며 강한 자신감 드러내.」

아스널의 감독, 아르센 벵거.

그의 도발은 전 세계 축구 팬들의 관심을 아스널과 리버풀의 경기로 집중시켰다.

이때, 브렌던 로저스 감독 역시 가만히 있지 않았다.

「브렌던 로저스 감독, '내가 장담한다. 이민혁을 막을 수 있는 감독은 없다. 당연히 이민혁을 막을 수 있는 전술도 없다. 이민혁의 커리어가 그 증거다.'라며 아르센 벵거 감독의 말이 틀렸다고 주장해.」

그 누구도 이민혁을 막지 못한다며, 아르센 벵거 감독의 말이 틀렸다는 것을 돌려서 말했다.

양 팀 감독들의 신경전이 펼쳐지며, 아스널과 리버풀의 경기에 관한 관심은 더욱 높아졌다.

심지어 다른 팀을 응원하는 팬들마저도 아스널과 리버풀의 경기를 시청하겠다고 할 정도였다.

이처럼 시작하기도 전부터 화제가 된 경기는 며칠이 지난 뒤에 펼쳐지게 됐다.

경기가 펼쳐지게 된 장소는 에미레이트 스타디움.

아스널 FC의 홈구장이었다.

―선수들이 입장합니다! 함성이 엄청나네요! 역시 아스널의 팬들이 뿜는 열기는 대단한 것 같습니다!

아스널의 팬들은 경기가 시작되기 전부터 리버풀 선수들의 기를 죽일 생각으로 거대한 함성을 뿜어냈다.

"이야! 저쪽 팬들의 기세가 엄청나네요?"

이민혁이 씨익 웃으며 팀 동료 제임스 밀너를 바라봤다.

그러나 제임스 밀너도 허허 웃으며 고개를 끄덕였다.

"아스널은 지난 2경기를 치르면서 한 번의 패배를 겪었어. 그래서 오늘만큼은 절대 지고 싶지 않을 거야. 팬들도 그런 마음으로 더 강하게 나오는 것일 테고."

진지하게 상황을 분석하는 제임스 밀너의 반응에 이민혁이 웃음을 터뜨렸다.

"하하! 제임스는 정말 분석을 열심히 하시는 것 같아요."

"남들은 어떨지 모르겠지만, 난 여기서 살아남으려면 그렇게 해야만 하거든."

"저도 그렇게 생각해요."

이민혁이 눈을 빛내며 제임스 밀너를 바라봤다.

제임스 밀너는 이민혁이 리버풀에 와서 가장 인상 깊게 본 선수다.

가진 재능도 뛰어난데, 매일같이 미친 듯한 노력을 한다.

매번 분석도 빼먹는 법이 없이 철저하게 해 왔고, 훈련도 이민혁과 함께 팀에서 가장 열심히 소화하는 선수다.

그래서인지 체력도 팀 내에서 최상위권을 유지하는 대단한 선수다.

'나랑 참 비슷하단 말이야.'

제임스 밀너에게 좋은 자극을 받으며, 이민혁은 경기장을 둘러봤다.

'아스널이랑 붙게 될 줄이야.'

이민혁은 어릴 때부터 EPL을 즐겨 봤다.

과거 빅4라고 불리던 아스널에 대해서는 당연히 잘 알고 있었다.

그래서인지 이곳에서 아스널과 맞붙게 되었다는 사실이 신기하게 느껴졌다.

하지만 신기한 것도 잠시.

이민혁은 경기에 집중하기 시작했다.

상대와 악수를 하고, 자신의 포지션으로 걸어 들어가는 순간까지도 집중력을 유지했다.

눈으론 주심의 귀를 바라보고, 귀를 열었다.

관중들의 함성이 귓속으로 파고들었다.

하지만 전부 흘려 냈다.

삐이이이이익!

주심의 휘슬 소리가 모든 소리를 이겨 내고 이민혁의 귓속으로 들어왔다.

—아스널과 리버풀의 경기가 시작됩니다!

이민혁은 휘슬 소리를 들은 것과 동시에 최전방으로 튀어 나갔다.

전속력을 낸 엄청난 스피드.

천천히 공을 돌리려던 아스널 공격진을 당황하게 할 정도로 빠른 스피드였다.

단순히 빠르게 달려가서 압박한 게 아니었다.

이민혁은 달리는 순간에도 계속해서 상대의 움직임을 주시했다. 어디로 패스할지, 어떻게 움직일지를 예상하며 덤벼들었다.

그 움직임에 공을 잡았던 올리비에 지루가 메수트 외질에게 다급히 패스했다.

—메수트 외질, 공을 받습니다!

이민혁은 그 즉시 방향을 틀어 메수트 외질에게 달려들었다.

올리비에 지루와 메수트 외질이 서 있던 거리는 가까웠기에, 이민혁과의 거리도 금세 좁혀졌다.

이때, 메수트 외질은 패스를 선택하지 않았다.

볼 컨트롤에 자신감을 보이는 그였기에, 달려드는 이민혁을 피하지 않았다.

그 순간, 이민혁의 입가에 진한 미소가 떠올랐다.

'메수트 외질은 분명 월드클래스 미드필더야. 압박을 벗어나는 것에도 자신감을 보이는 선수고. 하지만 자신감만큼 뛰어난 탈압박 능력을 지닌 선수는 아니지.'

여러 분석을 통해서 메수트 외질의 약점을 잘 알고 있었기에 나온 미소였다.

이민혁은 메수트 외질이 강한 압박에 약하다는 사실을 알고 있었고, 곧바로 강한 압박을 펼쳤다.

퍼억!

반칙이 되지 않는 선에서 가하는 압박.

메수트 외질은 상체 페인팅을 하며 이민혁의 압박을 벗어나려고 했다. 하지만 이민혁은 그 움직임을 전부 읽어 냈다.

상대의 움직임을 읽어 낸 지금, 이민혁은 과감하게 다리를 뻗었다.

촤아아악!

성공률이 꽤 높은 이민혁 특유의 슬라이딩태클이 메수트 외질의 발밑에 있던 공을 강탈했다.

"젠장!"

메수트 외질의 얼굴이 딱딱하게 굳었다.

자존심이 상한 얼굴이었다.

이때, 몸을 일으킨 이민혁은 짜증스러운 얼굴로 달려드는 메수트 외질을 차징으로 튕겨 냈다.

퍼억!

반칙이 선언되지 않을 정도의 몸싸움이었지만, 메수트 외질은 그대로 튕겨 나갔다.

"커헉!"

"저, 몸싸움 능력치 105입니다."

작게 중얼거린 이민혁이 달리기 시작했다.

경기 시작과 거의 동시에 메수트 외질의 공을 뺏어 내며 시작된 역습.

경기장에 있던 리버풀의 팬들이 자리에서 벌떡 일어났다.

*　　　*　　　*

프로축구 경기에서는 대부분 경기 시작과 동시에 후방으로 공을 돌린다.

그 후 수비진까지 천천히 공을 돌리며 침착하게 빌드업을 쌓아 나가곤 한다.

오늘 리버풀을 상대하게 된 아스널도 그렇게 할 생각이었다.

하지만, 그렇게 하지 못하게 됐다.

이민혁 때문이었다.

―이민혁이 메수트 외질에게서 공을 뺏어 옵니다! 메수트 외질, 방심하면 안 됐죠! 이민혁의 태클은 정상급이거든요!

―메수트 외질! 다급하게 이민혁에게 달라붙지만! 오히려 튕겨 나갑니다! 메수트 외질이 이겨 내기엔 이민혁의 피지컬은 너무 강력하죠! 이민혁이 공을 컨트롤하며 몸을 일으킵니다. 볼 때마다 놀라운 신체 밸런스네요!

―이민혁… 뜁니다! 직접 드리블하네요! 아스널, 조심해야 합니다! 이민혁은 어떤 상황에서든 위협적인 선수거든요!

경기 시작과 거의 동시에 월드클래스 미드필더 메수트 외질의 공을 뺏은 이민혁이 공을 몰고 달리기 시작하자, 당황한 아스널 선수들이 덤벼들었다.

아스널 선수들은 분명 당황했지만, 흔들리면 안 된다는 걸 알고 있었다.

―프란시스 코클랭과 산티 카소를라가 이민혁을 둘러쌉니다. 순식간에 두 명에게 둘러싸인 이민혁! 어떻게 풀어 나갈까요?

경기 시작과 거의 동시에 나온 상황이었다.

당연히 아스널의 진영은 제대로 갖춰져 있었다. 당황하긴 했지만, 틈이 크게 보이진 않았다.

그런 상황에서 두 명에게 둘러싸인 이민혁은 어려운 길을 선택하지 않았다.

툭!

가장 가까운 곳에 있는 동료, 필리페 쿠티뉴에게 공을 넘겼다. 쿠티뉴는 훈련 때마다 이민혁과 호흡이 잘 맞는 동료였다.

지금도 그랬다.

필리페 쿠티뉴는 이민혁이 공간을 만들며 움직이자 기다렸다는 듯 다시 공을 넘겨줬다.

패스의 정확도도 훌륭했다.

투욱!

이민혁은 공을 받아 내며 몸을 돌렸다. 공을 받기 전부터 주변의 시야는 전부 확인해 놓았다. 그래서 이민혁의 움직임엔 망설임이 없었다. 상대가 강하게 부딪쳐 오는 것도 알고 있었기에, 반대로 몸을 돌리며 상대의 압박을 벗어났다.

―우와! 이민혁의 놀라운 탈압박입니다! 움직임이 정말 부드럽네요!

―이민혁 선수는 유연성 훈련을 하루도 거르지 않고 한다고 하는데, 지금도 그 유연성이 잘 발휘된 것 같습니다. 볼 컨트롤 역시 대단했고요!

강한 압박이 끊임없이 들어오지만, 이민혁은 계속해서 상대의 압박을 벗어났다.

자연스레 다른 리버풀 선수들에게 공간이 생겼다.

이민혁은 그 공간으로 공을 찔러 줬다.

기습적인 노룩 패스였다.

─오오오오! 이민혁! 좋은 패스!

─오오오……!

해설들이 깜짝 놀랐을 정도로 날카로운 패스가 아스널의 페널티박스 안으로 파고들었다.

공을 받은 선수는 브렌던 로저스 감독의 신임을 받는 크리스티안 벤테케.

그는 이민혁이 찔러 준 완벽한 패스를 오른발로 잡아 낸 뒤, 왼발을 휘둘렀다.

퍼어엉!

이민혁이 차려 준 밥상.

모두가 골이라고 생각했을 정도로 잘 차려진 밥상.

그 밥상을 크리스티안 벤테케는 허무하게 엎어 버렸다.

그가 때린 슈팅은 골대 위로 높게 날아가 버렸다.

─아아……! 벤테케……! 이걸 놓치나요……?

─아… 충격적인 슈팅이 나오네요. 공격수라면 이건 넣어 줬어야죠!

모두가 충격에 빠질 만한 마무리.

실제로 리버풀 FC의 팬들은 자신들이 본 것을 믿을 수 없다는 듯 손바닥으로 얼굴을 감싸 쥐었다.

전 세계 축구 커뮤니티의 반응도 비슷했다.

특히, 한국의 축구 커뮤니티는 크리스티안 벤테케를 비난하는 글들로 뜨겁게 달궈졌다.

"크리스티안 벤테케!"

"……?"

축 처진 어깨를 한 크리스티안 벤테케가 고개를 돌렸다.

어느새 가까이 달려온 이민혁의 얼굴이 보였다.

"다음엔 더 좋은 패스 줄게요. 그러니까 어깨 펴세요."

"…민혁, 미안하다. 완벽한 패스였는데."

"세상에 완벽한 패스가 어딨어요? 그냥 괜찮은 패스였죠. 그리고 크리스티안의 오프 더 볼 움직임이 좋았으니까 괜찮은 패스도 나올 수 있었던 거예요."

"…그렇게 말해 줘서 고마워."

"기운 내세요. 어차피 이기는 건 우리니까요."

"알겠어."

씨익 웃으며 전하는 이민혁의 위로에 어두웠던 크리스티안 벤테케의 표정이 풀어졌다.

*   *   *

─리버풀의 분위기가 좋네요. 선수들이 활발하게 움직이며 공을 주고받고 있습니다.

리버풀의 분위기는 괜찮았다.

비록 좋은 기회를 크리스티안 벤테케가 날려 버리긴 했지만,

이런 일은 축구에서 흔히 일어나는 일이다.

모두가 당연하다는 듯 크리스티안 벤테케의 실수를 비난하지 않았고, 다시 처음부터 만든다는 생각으로 패스를 주고받았다.

분위기를 살리며 몇 가지 패턴으로 움직이던 리버풀은 금방 기회를 잡았다.

그 중심은 이민혁이었다.

―이민혁, 측면으로 공을 보냅니다. 필리페 쿠티뉴, 측면에서 공을 받습니다. 이민혁에게 주고 들어가네요! 이민혁, 좋은 원터치 패스입니다!

―쿠티뉴우우우!

필리페 쿠티뉴는 이민혁과의 패스플레이로 아스널 수비진 사이를 파고들었다.

툭!

공을 잡은 필리페 쿠티뉴는 더 깊숙이 들어간 뒤, 컷백을 시도했다.

조금 전에 좋은 기회를 날렸던 크리스티안 벤테케가 공을 향해 다리를 휘둘렀다.

별다른 방해 없이 때려 낸 슈팅이었고 골대와의 거리도 매우 가까웠다.

스트라이커라면 무조건 넣어 줘야 하는 기회.

하지만 크리스티안 벤테케는 이번에도 기회를 살리지 못했다.

실수는 없었다.

벤테케는 꽤 강하게, 꽤 정확한 슈팅을 때렸다.

문제는 아스널의 골키퍼 페트르 체흐가 믿을 수 없는 슈퍼세이브를 펼쳤을 뿐.

―우와아아! 이게?! 이게 막히나요?! 어떻게… 와… 페트르 체흐! 말도 안 되는 선방으로 아스널을 구해 냅니다! 역시 세계 최고 수준의 골키퍼입니다!

―페트르 체흐, 전방을 향해 길게 공을 차 냅니다!

체흐가 멀리 차 낸 공.

그 공을 올리비에 지루가 머리로 떨어뜨렸다. EPL에서 헤딩을 가장 잘하는 선수 중 하나답게 공은 정확하게 아스널 선수에게로 향했다.

툭!

메수트 외질, 그는 공을 부드럽게 받아 냈다.

이어서 오른쪽 측면으로 뛰는 에런 램지에게 공을 찔러 줬다. 패스는 아름다웠다. 리버풀의 수비수 데얀 로브렌과 조 고메즈 사이를 순식간에 뚫어 버렸다. 세계 최고 수준의 킬패스 능력을 지닌 메수트 외질다운 패스였다.

―에런 램지, 측면에서 공을 받습니다! 리버풀의 측면이 뚫립니다!

에런 램지는 공을 잡고 나서 한 번 터치한 뒤, 그대로 크로스를 뿌렸다.

아스널의 스트라이커 올리비에 지루를 노린 크로스였다.

퍼어엉!

강하고 높게 뿌린 크로스가 리버풀의 페널티박스 안으로 향했다.

몸을 띄운 올리비에 지루가 리버풀의 센터백 마르틴 슈크르텔과의 공중볼 경합에서 승리했다. 퍼엉! 올리비에 지루가 이마로 강하게 찍어 내린 공이 리버풀의 골문 앞 땅을 찍은 뒤, 강하게 튀어 올랐다.

골문 안으로 향하는 공.

리버풀의 시몽 미뇰레 골키퍼가 어떻게든 막아 보려 했지만, 불규칙하게 바운드되는 공의 움직임을 따라가진 못했다.

―고오오오오오올! 아스널이 선제골을 기록합니다! 올리비에~! 지루~! 엄청난 헤더네요! 애런 램지가 올려 준 크로스를 제대로 찍어 버렸습니다!

―아… 리버풀로서는 뼈아픈 실점인데요? 줄곧 경기를 이끌어가다가 단 한 번의 역습에 공을 허용하고 말았네요. 브렌던 로저스 감독이 카메라에 잡히네요. 아… 표정이 좋지 못합니다. 감독도 불만이 생길 수밖에 없죠.

경기를 잘 풀어 나가고 있었음에도, 단 한 번의 역습으로 골을 허용한 리버풀 선수들은.

허탈한 감정을 숨기지 못했다.

오직 이민혁만이 덤덤하게 상황을 살피고 있었다.

"올리비에 지루… 공중볼을 따내는 능력이 대단하네. 마르틴 슈크르텔도 공중볼 경합 능력 장난 아닌데… 역시 대단한 선수는 많아."

이민혁은 올리비에 지루를 바라보며 감탄했다. 저 선수의 헤딩 능력은 그동안 봐 왔던 선수 중 최고 수준이었다.

"EPL에선 저런 선수랑도 헤딩 경합을 해야 한다는 거지?"

헛웃음이 나왔다.

솔직히 올리비에 지루와 공중볼 경합을 하면 이길 자신이 없었다. 공중볼을 따내는 능력만 본다면 이민혁과 올리비에 지루의 수준은 차원이 달랐으니까.

하지만.

"절대 못 이기겠네. 지금은."

헤딩 능력치를 올리고, 공중볼 경합 훈련을 꾸준히 하다 보면 언젠가는 올리비에 지루와의 헤딩 경합에서 승리할 수 있게 될 거라고 믿었다.

"앞으론 헤딩 능력치도 신경을 써 줘야겠어… 그전에."

물론, 먼저 할 일이 있었다.

"스코어부터 동점으로 만들어야겠어."

          *   *   *

리버풀은 수비진부터 천천히 패스를 주고받으며 앞으로 나아갔다.

천천히 빌드업을 쌓아 갈 생각은 없었다. 전반전 시간이 꽤 많이 흐른 상태였으니까.

조금이라도 빠르게 동점골을 만들고 싶었으니까.

하지만 아스널의 거센 압박에 천천히 나아갈 수밖에 없었다.

─아스널의 전방압박이 대단하네요! 이러면 리버풀 수비진이 전진패스를 하기가 부담스럽죠.

아스널의 압박은 효과적이었다.

리버풀이 원하는 대로 빌드업을 하지 못하게 막아 냈다. 전반전이 끝나가는 상황. 리버풀 선수들의 마음이 급해지기 시작했다.

그때, 이민혁이 움직였다.

─이민혁이 내려오네요? 내려와서 공을 받아 주면서 공격을 풀어 주겠다는 의도겠죠? 워낙 패스 능력과 볼 키핑 능력이 뛰어난 선수니까요.

해설들의 말처럼 이민혁은 중원으로 내려와 꽉 막힌 리버풀의 연계를 풀어 주기 시작했다.

리버풀 선수들이 이민혁에게 가진 믿음은 워낙 강했기에, 이민혁은 내려오자마자 여러 번 공을 잡았다.

하지만 공을 오래 끌진 않았다.

상대 선수 2명이 압박을 해 오면 원터치 패스로 압박을 벗어났고, 1명이 압박을 해 오면 빠르게 탈압박을 한 뒤에 동료에게 공을 넘겼다.

이런 이민혁의 움직임 덕에 리버풀의 빌드업이 진행되기 시작했다.

압박에 힘들어 하며 라인을 올리지도 못하던 리버풀이 이제는 중앙선을 넘어 아스널의 수비진을 위협했다.

─제임스 밀너! 과감한 슈팅이었습니다! 공이 뜨긴 했지만, 충분히 좋은 시도였죠!

리버풀의 슈팅 횟수도 늘어 갔다.

특히 제임스 밀너, 루카스 레이바는 이민혁이 수비를 몰고 다니며 생긴 공간을 놓치지 않았다.

어김없이 슈팅을 때려 댔다.

그 결과.

─루카스 레이바! 슈티이잉! 들어갑니다아아아! 리버풀이 동점골을 기록합니다! 드디어 아스널의 골문이 열리네요!

─훌륭한 슈팅이었습니다! 다시 느린 화면으로 보시면… 이민혁이 두 명을 끌고 들어가다가 뒤로 공을 흘려 줍니다. 그걸 루카스 레이바가 한 번 잡고 강력한 슈팅으로 마무리했습니다!

─이러면 이민혁 선수의 어시스트로 기록이 되겠네요!

리버풀이 동점골을 만들어 냈다.

골이 터진 시간은 전반전 43분.

전반전이 끝날 때까지 남은 시간은 아주 적었다.

삐이이이익!

추가골 없이 전반전이 종료됐다.
잠시 후, 후반전이 시작됐을 때.
리버풀의 팬들은 자리에서 벌떡 일어났다.
그럴 수밖에 없었다.

ㅡ이민혁이 전진합니다!
ㅡ이민혁이 메수트 외질을 가볍게 제쳐 냅니다! 오오옷?! 알렉시스 산체스도 제쳐 냅니다! 이민혁! 너무 빠릅니다!

이민혁이 직접 공을 몰고 전진하기 시작했으니까.
순식간에 두 명을 제치며 엄청난 속도로 중앙선에서부터 아스널의 수비진 근처까지 튀어 나갔으니까.

＊　　　　　＊　　　　　＊

순식간이었다.
말 그대로 순식간이었다.
이민혁은 속도를 높여 아스널 선수 두 명을 제쳐 냈다.
2명의 선수 모두 수비수가 아니었기에, 제쳐 내는 것에 무리가 없었다.

그 이후, 이민혁은 더욱 속도를 올리며 상대의 수비진 근처까지 뛰었다. 너무 빠른 움직임이었기에 아스널의 수비형 미드필더들이 반응하는 게 조금 늦어 버렸다.

"막아!"

"리를 막아! 빨리 한 명 붙으라고!"

아스널 수비진에서 들려오는 목소리.

하지만 이미 늦었다.

이민혁은 이미 공을 향해 다리를 휘두르고 있었으니까.

[상대의 페널티박스 바깥에서 슈팅했습니다!]

['중거리 슈터' 스킬 효과가 발동됩니다!]

[슈팅의 정확도가 대폭 상승합니다.]

슈팅에 있어서는 누구보다도 자신이 있는 이민혁이었다.

현재 그와 골대와의 거리는 25m 정도.

충분히 정확도 높은 슈팅을 때릴 수 있을 것이라고 믿었고.

실제로 이민혁이 때린 슈팅은 위협적인 궤적으로 쏘아졌다.

타앗!

아스널의 골키퍼 페트르 체흐가 몸을 날렸다.

세계적인 수준의 골키퍼고 오늘 멋진 슈퍼세이브를 보여 줬을 정도로 컨디션이 좋은 그였지만, 몸을 날린 순간 확신하고 있었다.

'…이건 못 막아.'

지금 날아오는 슈팅은 막을 수 없다는 걸.

페트르 체흐의 생각은 틀리지 않았다.

—고오오오오올~! 들어갑니다! 이민혁의 원더골! 엄청난 중거리 슈팅이 터집니다!

이민혁의 슈팅은 아스널의 골문을 시원하게 열어 버렸다.

—…허허허! 정말 대단한 선수입니다~! 후반전이 시작되자마자 이런 골을 만들어 내네요! 슈팅 파워가 무슨… 어우! 이건 못 막죠!
—방금은 아스널 선수들이 이민혁 선수를 완전히 놓쳐 버렸어요. 이민혁은 잠시라도 공간이 생기면 바로 중거리 슈팅을 때리는 선수이지 않습니까? 또, 그 슈팅이 매번 상대의 골문을 위협하고요. 아스널은 공간을 내주지 않았어야 합니다.

이민혁의 골로 스코어는 2 대 1이 되었다.
후반전이 진행되고 있는 지금, 골을 허용한 아스널이 더욱 공격적으로 나오기 시작했다.
누가 봐도 동점을 노린다는 게 느껴질 정도로 공격적인 플레이였다.

—아스널이 빠르게 패스를 돌리고 있습니다. 리버풀은 조금 움츠러들었네요. 한 번 막고 가겠다는 걸까요?

리버풀 선수들은 라인을 내린 채, 아스널의 공격에 대응했다.
이민혁도 윙어였지만 지금은 밑으로 내려와 수비에 가담했다.

단순히 참여한 수준이 아니었다. 이민혁은 수비형 미드필더보다도 더 열심히 뛰어다니며 상대를 압박했다.

또한, 그 압박이 꽤 강력했다. 현재 이민혁의 태클 능력치는 80.

상대의 틈이 보일 때, 그곳을 파고들 정도의 실력은 됐다.

어지간한 수비수보다 까다로운 이민혁의 움직임에 아스널 선수들은 당황할 수밖에 없었다.

"아으! 쟤 진짜 뭐야?!"

"체력이 너무 좋은데? 정말 지긋지긋하게 뛰어다니네……!"

"다들 조심해! 저 녀석 태클이 꽤 위협적이니까 방심하지 마!"

이처럼 경기장 이곳저곳을 뛰어다니며 펼치는 이민혁의 압박은 상대에게 실수를 유발했다.

뛰어난 실력을 지닌 아스널 선수단에서도 결국 실수가 나왔다.

―아! 패스미스입니다! 리버풀의 역습입니다!

―루카스 레이바, 제임스 밀너에게 연결합니다!

리버풀의 역습 상황.

공을 잡은 제임스 밀너가 전진하며 동료들의 움직임을 확인했다.

'쿠티뉴의 움직임이 좋아.'

필리페 쿠티뉴는 왼쪽 측면으로 뛰어나가고 있었다.

오른쪽 윙어로 출전한 이민혁은 수비에 적극적으로 가담하느라 아직 후방에 있었다.

그래서 제임스 밀너는 반대편 대각선으로 뛰는 필리페 쿠티뉴를 향해 롱패스를 뿌렸다.

퍼엉!

필리페 쿠티뉴는 볼 컨트롤이 매우 뛰어난 선수.

지금도 그의 트래핑은 보는 이로 하여금 감탄을 자아냈다.

우와아아아아!

부드럽게 공을 받아 내는 필리페 쿠티뉴의 플레이에 관중들이 환호했다.

ㅡ필리페 쿠티뉴, 환상적인 트래핑이네요!

필리페 쿠티뉴는 측면으로 들어가지 않고 중앙으로 몸을 틀었다. 그러자 아스널 수비수들은 이미 알고 있다는 듯 필리페 큐티뉴의 오른쪽을 막아섰다.

오른발로 감아 차는 슈팅이 위협적인 필리페 쿠티뉴였지만, 지금 같이 막힌 상황에선 슈팅을 시도할 수 없었다.

그때였다.

씨익!

필리페 쿠티뉴의 입꼬리가 올라갔다.

'애초에 슈팅을 때릴 생각이 없었거든.'

필리페 쿠티뉴는 반대편에서 엄청난 속도로 뛰어 들어오는 이민혁을 보며 다리를 휘둘렀다.

'이민혁이라면 좀 더 앞으로 패스해 줘도 받아 낼 수 있을 거야.'

필리페 쿠티뉴는 이민혁의 스피드를 잘 알고 있었다.

이민혁은 팀 내 훈련 때마다 가장 빠른 스피드를 기록하는 선수였으니까.

펴엉!

필리페 쿠티뉴가 오른발로 높게 감아 찬 공이 앞에 선 수비수들의 키를 넘어 날아갔다.

타앗!

크리스티안 벤테케가 땅을 박차고 뛰어오르며 수비수들의 시선을 끌었다.

공은 벤테케와 아스널 수비수들의 키마저 넘어 날아갔다.

휘이익!

이민혁은 포물선을 그리며 떨어지는 공을 향해 오른발을 휘둘렀다. 날아오는 공을 다이렉트 슈팅으로 연결하려는 의도였다.

'집중하자.'

이민혁이 숨을 멈췄다.

지금과 같은 상황.

아주 많이 연습해 왔고, 실전에서도 많은 골을 넣어 봤던 상황이었지만.

단 한 순간도 편하게 느껴진 적이 없었다.

매번 모든 집중력을 끌어올려야만 하는 순간이었다.

휘이익!

이민혁은 날아오는 공의 움직임에 집중했다. 휘두른 발과 타이밍을 맞춰야 했다.

[상대의 페널티박스 안에서 슈팅했습니다!]

['페널티박스 안의 피니셔' 스킬 효과가 발동됩니다!]
[슈팅의 정확도가 대폭 상승합니다.]

메시지가 떠오른 게 보였지만, 이민혁은 시선을 주지 않았다. 그럴 여유가 없었다. 오직 공과 자신의 다리에만 집중했다.

퍼어엉!

공을 때려 냈다.

좋은 느낌이 발등을 감쌌다. 제대로 걸렸다는 생각이 들었다. 그런 생각이 들 때쯤, 공은 이미 상대 골키퍼를 넘어 골대 안으로 파고들고 있었다.

철렁!

아스널의 골 망이 흔들렸다.

우워어어어어어어어!

그 모습을 본 리버풀 팬들이 거대한 함성을 보냈다.

이민혁은 분데스리가에서 그랬던 것처럼 양팔을 넓게 펼치며 팬들의 함성을 받았다.

[퀘스트를 완료하셨습니다!]
[퀘스트 내용: 아스널을 상대로 3개의 공격포인트를 기록하세요.]
[보상으로 경험치가 대폭 증가합니다.]

[퀘스트를 완료하셨습니다!]

[퀘스트 내용: 아스널을 상대로 2개의 골을 기록하세요.]
[보상으로 경험치가 대폭 증가합니다.]

[퀘스트를 완료하셨…….]
…….

[레벨이 올랐습니다!]

이민혁이 시선이 메시지로 향했다.

다른 메시지들은 넘길 수 있어도 레벨업 메시지만큼은 그냥 넘길 수 없었다.

[스탯 포인트 2를 사용하셨습니다.]
[헤딩 능력치가 2 상승합니다.]
[현재 헤딩 능력치는 65입니다.]

'헤딩이 심각하긴 했네.'

헤딩 재능 스킬 효과로 인해서 헤딩 실력이 좋아지고 있긴 했지만.

능력치 자체가 낮으니 헤딩 실력이 많이 늘진 않았다.

바이에른 뮌헨 시절엔 팀에서 가장 헤딩을 못하는 선수 중 하나였고, 리버풀에서도 다를 게 없었다.

이민혁은 다른 건 다 뛰어나지만, 헤딩은 형편없는 선수였다.

공중볼을 따내는 능력도 안 좋다. 상대와 적극적으로 경합을 펼치지만, 매번 패배했다.

하지만.

'이젠 좀 달라져야겠어.'

다른 능력치들은 충분히 안정적이었다.

더 높으면 좋지만, 헤딩 능력치보다 급하진 않았다.

지금보다 더 좋은 선수가 되기 위해서는 공중볼 경합 능력이
꼭 필요했다.

─경기 재개됩니다! 아스널, 급해졌습니다!

이민혁의 골로 3 대 1 스코어가 된 이후, 아스널의 공격 전개
는 눈에 띄게 급해졌다.

어떻게든 골을 넣기 위해 공을 돌렸다. 급하게 펼쳐지는 공격
이었지만 꽤 위협적이었다.

─산티 카소를라의 슈팅을 막아 냅니다! 시몽 미뇰레의 멋진 선
방입니다!

─슈팅이 조금 중앙으로 쏠려서 날아갔네요. 비록 골이 되진 않
았지만, 아스널의 공세가 매서운데요?

아스널은 강팀다운 경기력을 보였다.

리버풀의 수비진은 아스널의 공격에 계속 흔들렸고, 제대로
대응하지 못했다.

경기를 보던 팬들에겐 아쉬운 모습이었다.

다만, 리버풀이 공격을 할 땐 분위기가 달라졌다.

─엠레 찬, 이민혁에게 연결합니다!

이민혁에게 집중해서 공을 넘기는 리버풀 선수들.

그리고 동료들에게 받은 공을 절대 빼앗기지 않고 전방으로 연결하거나 돌파를 성공시키는 이민혁의 플레이는 아스널을 위협했다.

─프란시스 코클랭의 반칙입니다! 이민혁의 돌파를 반칙으로 끊어 내네요!

오늘 펼쳐진 경기에선 여러 반칙 상황이 나왔다.

특히, 이민혁은 아스널의 집중 견제를 받으며 여러 반칙에 당해 왔다.

하지만 직접 프리킥을 할 수 있는 거리에서 나온 반칙은 지금이 처음이었다.

─이 거리라면 이민혁이 직접 프리킥을 노려볼 수 있겠는데요?

─충분히 가능하죠! 프리킥 능력에 제대로 물이 오른 이민혁 선수라면 이 정도 거리에서 골을 노릴 수 있습니다! 게다가 오늘 보여 준 슈팅 감각이라면 기대를 할 수밖에 없네요!

해설들의 말처럼, 이민혁은 직접 슈팅을 하기 위해 공을 만졌다.

공을 돌려 가며 원하는 면을 잔디 위에 올려놓고 뒷걸음질을 쳤다.

양 팀 팬들은 숨을 죽였다. 모두가 이민혁의 움직임에 집중했다.

삐익!

주심이 휘슬을 불었다.

공을 차도 된다는 신호였다. 타앗! 이민혁이 땅을 박차고 전진했다. 성큼성큼 움직여 다리를 휘둘렀다.

후웅!

짧고 빠르게 휘두른 다리가 공을 때려 냈다.

퍼어엉!

발등으로 강하게 때려 낸 슈팅.

거의 회전이 없이 날아가던 공은 골대와 가까워지며 급격히 궤적이 변했다.

무회전 슈팅 특유의 궤적 변화.

골문을 지키는 골키퍼로선 재앙과도 같은 일이었다.

더구나 슈팅을 한 선수가 이민혁이었다.

120이라는 슈팅 능력치를 보유한 선수.

2014/15시즌이 끝나기 전, 바이에른 뮌헨 내에서 가장 강력한 슈팅력을 지닌 선수가 되었고.

2015/16시즌이 진행되는 지금, 리버풀에서 가장 뛰어난 슈팅력을 지닌 것으로 알려진 선수.

그런 이민혁의 무회전 슈팅은 다른 선수들의 것과는 달랐다.

궤적변화가 더 역동적이었고, 공의 속도가 훨씬 빨랐다.

"미친… 이게 뭐야……?"

아스널의 골문을 지키던 페트르 체흐가 움직이지도 못한 채, 허탈함이 담긴 말을 내뱉었다.

공은 이미 골 망을 찢을 듯 강하게 흔들고 있었다.

우와아아아아아아!

아스널의 홈구장에 리버풀 팬들의 함성이 터져 나왔다.

*　　　*　　　*

아스널을 상대로 기록한 해트트릭.

그건 이민혁에게도 특별한 일이었다.

"됐어!"

골을 넣는 것에 덤덤한 편인 이민혁이었지만, 지금은 덤덤할 수 없었다.

EPL의 강팀에게 해트트릭을 한 것에 크게 기뻐했다.

─해트트릭입니다! 이민혁이 아스널을 상대로 해트트릭을 만들어 내네요! 역시 이민혁의 득점력은 경이롭습니다!

─현재 압도적인 득점왕 페이스죠? 이제 겨우 3경기째인데 벌써 12골을 기록한 이민혁입니다! 이야… 이게 말이 되는 기록인가요……? 이민혁이 이젠 정말 축구의 신의 자리에 근접해 가고 있는 것 같습니다!

이민혁은 동료들과도 기쁨을 나눴다.

"프리킥까지 성공시켜 버릴 줄이야! 크하핫! 아스널 녀석들 이제 함부로 반칙도 못 하겠네!"

"흐흐! 난 이제 상대가 안타까워지고 있어! 이민혁이 훈련 때 프리킥 연습을 하는 걸 봤다면, 반칙할 생각을 못 했을 텐데."

"민혁, 멋진 골 축하해! 연습 때의 실력이 나왔구만?"

이때, 허공에 글씨가 떠오르기 시작했다.

메시지가 생성되려는 징조였다.

그 순간 이민혁의 얼굴에 기대감이 드러났다.

'오!'

현재 레벨은 199.

이번에 많은 경험치를 받게 되면 레벨 200이 되는 상황이었기 때문이었다.

*　　　　*　　　　*

'상대가 아스널이니까 경험치도 많이 받겠고, 잘하면 레벨도 오르겠지?'

이민혁은 기대감 가득한 얼굴을 한 채 눈앞에 떠오르는 메시지들을 바라봤다.

[퀘스트를 완료하셨습니다!]
[퀘스트 내용: 아스널과의 경기에서 해트트릭을 기록하세요.]
[보상으로 경험치가 50% 증가합니다.]

[퀘스트를 완료하셨습니다!]
[퀘스트 내용: 아스널과의 경기에서 4개의 공격포인트를 기록하세요.]
[보상으로 경험치가 대폭 증가합니다.]

[퀘스트를 완료하셨습니다!]
[퀘스트 내용: 아스널과의 경기에서 프리킥으로 골을 기록하세요.]
[보상으로 경험치가 20% 증가합니다.]

[퀘스트를 완료하셨……]
…….
…….

확실히 메시지의 숫자가 많았다.
경험치도 이민혁이 예상했던 것처럼 많이 받았고.

[레벨이 올랐습니다!]

레벨도 1개 올랐다.
그리고 마침내.
이민혁이 가장 기다렸던 메시지가 떠올랐다.

[레벨 200을 달성하셨습니다!]

[스킬이 지급됩니다.]

['단단한 뼈'를 습득하셨습니다.]

"단단한 뼈라고……?"

좋은 느낌을 주는 이름이었다.

"설마……?"

때문에, 기대감을 드러내며 새로 얻은 스킬의 정보를 확인했다.

그리고 그 순간.

"…말도 안 돼!"

이민혁은 경악할 수밖에 없었다.

*　　　　*　　　　*

삐이이익!

경기 재개를 알리는 휘슬 소리가 울려 퍼졌다.

다만, 이민혁은 평소와는 다르게 경기에 집중하지 못하고 있었다.

"이게 말이 돼? 이게 진짜라고?"

흔치 않은 일이었다.

그동안의 이민혁은 어떤 일이 있어도 경기가 재개되면 집중력을 끌어 올렸었다.

그러나 지금은 그게 잘 되지 않았다. 경기에 집중이 되질 않았다.

그만큼 새로 얻은 스킬의 정보는 충격적이었다.

"이 정도일 줄이야……."

작게 중얼거린 이민혁이 다시 허공에 떠 있는 '단단한 뼈' 스킬의 정보를 바라봤다.

[단단한 뼈]
유형: 패시브
효과: 어떤 상황에서도 뼈가 부러지지 않게 됩니다.

다시 봐도 충격적이었다.

어떤 상황에서도 뼈가 부러지지 않는다니!

스킬의 이름을 본 순간 기껏해야 '뼈가 쉽게 부러지지 않게 된다' 정도의 효과를 기대했는데, 이건 그 수준을 한참이나 넘어서지 않았는가.

'레벨 200 때 받은 스킬이어서 그런가? 이건 너무 좋잖아.'

그동안 뼈가 부러져서 전성기가 끝나 버린 선수가 얼마나 많았던가.

이민혁은 그런 선수들을 직접 보진 않았지만, TV나 인터넷 기사, 영상을 통해서 간접적으로 봐 왔다.

그래서 뼈가 부러지는 부상에 대한 끔찍함을 제법 잘 알고 있었다.

"끔찍하지. 정말 끔찍한 일이지."

뼈가 부러진 선수들은 대부분 눈물을 흘린다.

당장 느껴지는 고통 때문만은 아니다.

더는 축구를 잘하지 못하게 될 수도 있다는 것에 대한 불안함 때문이다.

그런데 이민혁은 이제 선수 생활을 끝장낼 수도 있는 그런 부상과 멀어졌다.

다른 부상은 몰라도, 뼈가 부러지는 심각한 부상을 입을 일은 없게 됐다.

"…대단한 스킬을 얻었어."

환하게 웃은 이민혁이 이번엔 스탯 포인트를 사용했다.

[스탯 포인트 2를 사용하셨습니다.]

[헤딩 능력치가 2 상승합니다.]

[현재 헤딩 능력치는 67입니다.]

할 일을 전부 끝낸 상황에서, 이민혁은 자신을 향해 날아오는 공을 발견하고는 깜짝 놀랐다.

그러고는 황급히 공을 향해 발을 뻗었다.

투욱!

평소와는 다른, 조금은 투박한 트래핑을 하고 말았다.

'정신 차리자.'

발끝에 느껴지는 공의 느낌.

이민혁은 그제야 경기에 집중할 수 있게 됐다.

좋은 스킬을 얻은 건 분명 기쁜 일이지만, 지금은 경기가 우선이었다.

—이민혁의… 트래핑이 조금 길었네요? 그래도 다행히 공을 받아 냈습니다.

—…쉽게 보기 힘든 장면이 나왔네요. 이민혁 선수답지 않은 모습이었습니다.

이민혁은 정신을 차리고 주변을 둘러봤다.

좁아진 시야가 빠르게 넓어졌다.

이때, 강하게 몸싸움을 걸어오는 상대 선수의 모습도 보였다.

'피해야 해!'

이민혁이 발바닥으로 공을 강하게 끌며 몸을 회전했다. 차징을 하려던 아스널의 풀백 나초 몬레알이 스쳐 지나갔다. 간발의 차이였다. 차징을 하려던 나초 몬레알은 목표를 잃고 앞으로 고꾸라졌다.

"좋아."

아슬아슬하게 상대 풀백을 제쳐 낸 지금, 이민혁은 오른발로 크로스를 올렸다.

다른 선택지도 있지만, 굳이 그럴 필요가 없었다.

동료 스트라이커 크리스티안 벤테케의 움직임이 좋았고, 크로스를 올리는 순간 스킬이 발동될 거라는 걸 알았으니까.

[상대의 풀백을 제치고 크로스를 올렸습니다!]

['정교한 크로스' 스킬 효과가 발동됩니다!]

[크로스의 정확도가 대폭 상승합니다.]

이민혁의 시선은 스킬이 발동됐다는 메시지를 지나 저 멀리 날아가는 공을 따라갔다.

공이 향한 곳.

그곳엔 크리스티안 벤테케가 몸을 높게 띄운 채 날아오는 공을 향해 이마를 가져다 대고 있었다.

강하게 찍어 내리는 헤딩슛.

오늘 좋지 못한 골 결정력을 보여 주던 크리스티안 벤테케였지만, 이번만큼은 달랐다.

그가 머리로 때려 낸 슈팅은 아스널의 골문을 열었다.

―우오오오오! 들어갔습니다! 크리스티안 벤테케! 엄청난 헤딩슛으로 아스널의 희망을 꺾어 버립니다!

―이민혁의 크로스도 환상적이었죠! 너무나도 예리하게 벤테케의 머리를 노렸습니다!

―와~! 몸싸움이 강하고 드리블과 슈팅 능력도 좋은데, 이렇게나 정교한 크로스까지 뿌리면……! 이런 이민혁 선수를 어떻게 막을 수가 있을까요?

스코어가 완전히 기울었다.

5 대 1.

후반전이라는 걸 생각하면 사실상 역전은 나오기 힘든 상황이었다.

기를 쓰고 달려들던 아스널 선수들이었지만, 이제는 움직임에 힘이 빠졌다.

아스널은 리버풀의 공세를 막아 내는 것에 급급한 시간을 보내며 경기가 종료되길 기다렸다.

삐이이익!

경기가 종료됐다.
리버풀과 아스널의 경기는 EPL 팬들 사이에서 큰 화제가 됐다.
강팀끼리 만난 거라고 보기 힘든, 충격적인 결과 때문이었다.

「리버풀, 아스널에게 7 대 1 대승!」
「아스널, 리버풀에게 7 대 1 충격 패!」
「이민혁, 3골 3어시스트 기록하며 압도적인 득점왕 페이스!」
「아스널도 막지 못한 이민혁, 누가 막을 수 있을까?」

└말도 안 돼… 아스널이 이렇게 털린다고?
└이건 좀 충격인데……? 리버풀이 아스널을 완전히 압도했어. 리버풀이 지난 시즌과 달라진 거라곤 이민혁을 영입한 것밖에 없지 않나? 그 차이가 이렇게나 큰 변화를 만들어 낸다고? 도대체 이민혁의 실력은 어느 정도인 거야?
└이민혁에게 월드클래스라는 말은 어울리지 않아. 이민혁은 축구의 신이야. 그 누구도 아스널을 상대로 이민혁과 같은 경기력을 보여 줄 수 없어.
└멍청한 맨체스터 시티는 왜 이민혁 영입에서 패배한 거냐? 주급 10억을 주더라도 데려왔어야 하는 거 아니야?

ㄴ리오넬 메시 = 크리스티아누 호날두 = 이민혁. 우리는 이민혁의 시대에 살고 있다.

ㄴ이민혁이 영국으로 귀화한다면 너무 좋을 텐데!

ㄴ아스널한테 3골 3어시스트라니… 전에 붙은 팀들은 별로 강하지 않아서 잘한 줄 알았는데… 이 정도로 괴물이었구나.

ㄴ아스널 수비수들이 못한 거라고 보이진 않아. 그냥 이민혁의 수준이 달랐어.

ㄴ빨리 리버풀의 다음 경기를 내놔! 난 맨체스터 유나이티드의 팬인데, 이제부터 리버풀의 팬이 되기로 했어. 전부 이민혁 때문이지!

*　　　　*　　　　*

"뭘 그렇게 열심히 보세요?"

"현지 댓글이요."

피터의 질문에 이민혁이 씨익 웃으며 대답했다.

"요새 댓글을 많이 보시네요?"

"프리미어리그 팬들이 남기는 댓글이 생각보다 더 재밌네요. 보다 보면 영어 공부가 되는 것 같기도 하고요."

"공부가 되죠. 젊은 영국인들이 쓰는 말들도 배울 수 있겠고요. 근데 유난히 재밌는 댓글이 있나요?"

"예, 재밌는 댓글이 너무 많은데, 방금 본 것 중에 맨체스터 유나이티드 팬이었는데 저 때문에 리버풀 팬으로 갈아탔다는 댓글도 봤어요."

"예? 으하하핫! 맨체스터 유나이티드랑 리버풀은 거의 라이벌 관계잖아요? 서로가 정말 지기 싫어하는 팀인데, 이민혁 선수 때문에 맨유에서 리버풀로 갈아탔다고요?"

"예. 물론 거짓말일 수도 있지만, 그래도 재밌더라고요."

"하하! 저도 이따가 집에 가면 이민혁 선수 관련 댓글 좀 찾아봐야겠어요."

"피터가 찾아본다니까 좀 민망해지는데요?"

"왜요? 이민혁 선수를 찬양하는 댓글이 너무 많아서요?"

"…예. 그렇죠, 뭐."

"그럴 수밖에 없게끔 말도 안 되게 잘하고 계시잖아요."

"더 잘해야죠."

"여기서 더요? 하하… 다른 선수가 이런 말을 했으면 모르겠지만, 이민혁 선수라면 그렇게 할 것 같아요."

잠시 후, 숙소에 도착한 이민혁은 부모님과 식사 시간을 가졌다.

부모님은 독일에서 하시던 사업을 그대로 들고 와서 최근에 가게를 오픈하셨다.

아직 오픈 초반이라 장사가 잘되진 않는다고 했지만, 부모님의 얼굴에 걱정은 없어 보였다.

그럴 만도 했다.

이민혁의 부모님이 하는 토스트 사업은 지금도 독일에서 많은 매출을 올리고 있었으니까.

"그래서, 영국 생활은 할 만한 것 같니?"

어머니의 질문에 이민혁이 미소를 지으며 답했다.

"예. 날씨가 오락가락한 게 별로이긴 하지만, 그것 말고는 전부 괜찮은 것 같아요. 솔직히 독일이랑 큰 차이를 못 느끼겠어요. 아직 이곳에 온 지 얼마 안 돼서 그런 것인지도 모르겠지만요. 어머니는 어떠세요?"

"민혁이 네 말처럼 날씨만 빼면 다 괜찮은 것 같아. 음식이야 뭐… 직접 해 먹으면 되고, 꽤 맛있는 한국 식당도 있으니까……."

어머니, 그리고 아버지와의 대화는 길게 이어졌다.

부모님과의 대화는 매일 이어지고 있지만, 전혀 지루한 적이 없었다.

오히려 행복했다.

자신이 뛴 경기에 관한 이야기를 부모님과 나누는 것도, 일상적인 대화를 나누는 것도 전부 즐겁고 행복했다.

축구를 못해서, 벤치를 벗어나질 못해서 부모님을 오지 못하게 하고, 축구에 관한 이야기를 일부러 피했던 과거와는 완전히 달라진 삶이었다.

다만, 일상은 달라지지 않았다.

매일 축구 생각을 하고, 매일 훈련을 했다.

다음 경기가 다가오면 분석을 했다.

남들은 어떻게 그렇게 사냐고 묻지만, 이민혁에겐 당연한 일상이었다.

그리고.

이런 이민혁의 삶은 경기력에서 드러났다.

「리버풀, 웨스트햄전에서 6 대 2 승리! 단단하게 웅크린 뉴캐슬을

「뚫어 내다」

「이민혁, 3골 1어시스트 기록하며 또다시 괴물 같은 득점력 과시해」

「EPL 입성한 지 겨우 4경기 만에 15골 넣은 이민혁, 이번 시즌 어떤 기록 세울까?」

「매 경기 EPL의 팬들 놀라게 하는 이민혁, 다음 경기엔 어떤 모습 보여 줄까?」

「리버풀, 리그 4연승 이어 가! 이대로 우승까지 노리나?」

리그 4라운드 경기인 웨스트햄전에서 3골 1어시스트를 기록하며 팬들을 또다시 열광시켰다.

이런 상황에서, EPL 팬들이 뜨겁게 달아오를 일이 생겼다.

다음에 펼쳐질 EPL 5라운드 경기 때문이었다.

ㄴ오!!!!!! 드디어 이번 시즌에 이 매치를 보게 되는구나! 이번엔 어디가 이길까? 리버풀의 분위기가 너무 좋은데, 리버풀이 이기려나?

ㄴ리버풀은 맨체스터 유나이티드의 상대가 안 돼. 아무리 기세가 좋아도 리버풀은 리버풀일 뿐이야.

ㄴ맨체스터 유나이티드의 늙은 수비수들이 이민혁을 막을 수 있다고 생각하나? 그건 정말 멍청한 생각이야.

ㄴ맨체스터 유나이티드? 리버풀에게 끔찍한 꼴을 당하겠군.

ㄴ이민혁이 몇 골이나 넣으려나? 콧대 높은 맨체스터 유나이티드 팬들이 좌절하는 모습을 볼 수 있겠어!

ㄴ얼른 보고 싶은 경기야. 라이벌 경기인 만큼 양 팀 모두 치열

하게 싸우겠지.

리그 5라운드에서 리버풀 소속의 이민혁이 만나게 된 팀은.

「리버풀, 맨체스터 유나이티드 상대로도 승리할 수 있을까?」

「리버풀, 맨체스터 유나이티드 만난다! 리그 5연승 이어 갈 수 있을까?」

맨체스터 유나이티드였다.

*   *   *

리버풀과 맨체스터 유나이티드.

이 두 팀이 맞붙는 날엔 양 팀 선수들 모두 전쟁을 치른다고 할 수 있을 정도로 열심히 뛴다.

엘클라시코 정도의 라이벌 관계는 아니지만, 맨체스터 유나이티드와 리버풀의 관계 역시 꽤 복잡했다.

확실한 건 서로가 절대 지기 싫어한다는 것이었다.

양 팀의 팬들은 라이벌 관계답게 경기 시작 전부터 각종 커뮤니티에서 설전을 벌였다.

ㄴ맨유놈들 이번에 우리 이민혁한테 해트트릭 맛 좀 보자.

ㄴ맨체스터 유나이티드엔 이민혁을 막을 수 있는 선수가 없어. 이민혁의 원맨쇼가 나올 게 분명해.

ㄴ리버풀 놈들 멍청한 소리 하고 있네. 역사적으로 맨체스터 유나이티드한테 상대가 됐던 적이 있나?

ㄴ위에 글 쓴 얼간이는 기억력이 단단히 잘못됐군. 누가 보면 맨체스터 유나이티드가 리버풀을 항상 이긴 줄 알겠어.

ㄴ리버풀 따위가 대체 언제부터 맨체스터 유나이티드한테 기어 올랐지?

ㄴ최근 리버풀은 4연승을 이어 가고 있어. 맨체스터 유나이티드는? 최근에도 졌던 것으로 기억하는데?

ㄴ리버풀은 중위권이 가장 잘 어울리는 팀이야.

ㄴ맨체스터 유나이티드는 지난 시즌에 이어서 이번 시즌도 무너지고 있지.

ㄴ모두 그럴듯한 계획을 세우지. 처맞기 전까지는.

ㄴ하하하! 그거 마이크 타이슨이 했던 말이잖아!

이런 상황에서.

―양 팀 선수들이 입장합니다!

맨체스터 유나이티드와 리버풀의 선수들이 경기장에 모습을 드러냈다.

양 팀 선수들 얼굴에 긴장감이 흘렀다.

응원을 펼치고 있는 팬들의 얼굴에도 긴장감이 흘렀다.

너무나도 지기 싫은 경기.

정말 이기고 싶은 경기였기에 생긴 긴장감이었다.

—함성이 대단한데요? 역시 빅클럽들 간의 경기답습니다! 먼저 맨체스터 유나이티드의 선발 명단을 보시죠! 마루안 펠라이니, 멤피스 데파이, 안데르 에레라, 후안 마타, 바스티안 슈바인슈타이거, 마이클 캐릭, 루크 쇼, 달레이 블린트, 크리스 스몰링, 마테오 다르미안, 다비드 데 헤아가 출전합니다. 리버풀은⋯⋯.

　이민혁은 상대 선수들의 얼굴을 하나하나 훑으며 머릿속에 있는 분석 자료를 정리하는 시간을 가졌다.

　그때였다.

　이민혁이 피식 웃음을 터뜨렸다.

　'⋯바스티안 슈바인슈타이거.'

　저 멀리서 엄지를 들어 올리는 것과 동시에 윙크를 하는 바스티안 슈바인슈타이거의 모습이 보였기 때문이었다.

　'이제 다른 팀으로 만나게 됐네요.'

　지난 시즌까지 바이에른 뮌헨에서 함께했던 바스티안 슈바인슈타이거와는 지금도 자주 연락을 하며 친하게 지내고 있었다.

　그 증거로 저렇게 장난을 걸어오지 않는가.

　"좋은 경기 합시다."

　이민혁은 그렇게 중얼거리며 바스티안 슈바인슈타이거를 향해 엄지를 들어 올렸다.

＊　　　　＊　　　　＊

삐이이이익!

경기가 시작됐다.
양 팀 선수들 모두 부지런하게 움직이기 시작했다.
서로가 처음부터 강하게 부딪쳤다.
달려들고, 압박하며 주도권을 차지하기 위해 치열하게 싸웠다.

―아~! 맨체스터 유나이티드와 리버풀 선수들, 굉장히 치열합니다!

주도권 싸움에서 더 좋은 모습을 보이는 건 리버풀이었다.
이민혁 때문이었다.

―이민혁이 멤피스 데파이와의 몸싸움에서 이겨 냅니다! 역시 이민혁은 공을 뺏기질 않네요!
―이민혁, 바스티안 슈바인슈타이거와 마이클 캐릭에게 동시에 압박을 받으면서도 침착하게 공을 지켜 내네요! 전 동료인 슈바인슈타이거조차 이민혁에게서 공을 빼앗질 못하네요!

오른쪽 윙어로 출전했으면서 중원을 한 명의 장군처럼 휘젓는 이민혁의 활약.
그 활약에 주도권은 점점 더 리버풀 쪽으로 기울었다.

―이민혁, 피르미누와 공을 주고받습니다. 이민혁, 계속 전진합

니다!

이민혁이 공을 몰고 전진하자, 맨체스터 유나이티드의 수비진에 비상이 걸렸다.

맨체스터 유나이티드 수비수들은 빠르게 라인을 올려서 이민혁을 막아섰다. 이민혁에게 공간을 주면 대포알 같은 슈팅을 때린다는 걸 알기에 한 행동이었다.

이런 상황에서 이민혁은 기다렸다는 듯 공을 찍어 찼다.

맨체스터 유나이티드 수비진의 뒷공간으로 돌아 들어가는 쿠티뉴에게 보내는 패스였다.

[20% 확률로 '예리한 패스' 스킬 효과가 발동됩니다!]
[패스의 정확도가 대폭 상승합니다.]

쿠티뉴는 이민혁을 실망시키지 않았다.

날아오는 공을 왼발로 부드럽게 트래핑을 해낸 뒤, 오른발로 강한 슈팅을 때려 맨체스터 유나이티드의 골문을 노렸다.

다만, 다비드 데 헤아가 지키는 골문은 쉽게 열리지 않았다.

—우와! 이걸 막아 내나요? 다비드 데 헤아! 슈퍼세이브입니다!

—쿠티뉴 선수가 상당히 아쉬워하네요! 사실 방금은 골이 되었어도 이상하지 않은 상황이었죠~!

—맞습니다! 필리페 쿠티뉴의 슈팅은 거의 완벽했어요! 그런데 다비드 데 헤아 골키퍼가 정말 대단한 선방을 해냈습니다!

"아깝네."

이민혁이 쓰게 웃었다.

만족스러운 패스를 뿌렸고, 골이 될 줄 알았건만 들어가지 않았다.

하지만 방금 장면에 대한 아쉬움은 이걸로 끝이었다.

잊어야 한다.

좋은 장면은 다시 만들면 되는 거니까.

"다음엔 더 잘 주지 뭐. 아니면 내가 직접 하든가."

이후, 리버풀과 맨체스터 유나이티드는 치열한 공방을 이어갔다.

―양 팀의 골문이 쉽게 열리질 않습니다! 선수들의 집중력이 대단하네요!

양 팀 모두 승리에 대한 의지가 대단했다.

그런 상황에서 시간은 빠르게 흘렀다.

계속 시간이 흘러서 전반 22분이 되었을 때.

동료에게 패스를 받은 이민혁이 몸을 돌리며 전방을 확인했다.

상대 선수들의 움직임, 동료들의 움직임, 상대 골키퍼, 전진패스를 뿌리기 좋은 길 등이 한눈에 들어왔다.

이때, 이민혁은 직접 공을 앞으로 치며 움직였다.

드리블을 선택한 것이다.

그러자 전방에서 움직이던 동료들이 더욱 활발하게 움직여 주기 시작했다.

이민혁에게 쏠리는 집중을 분산시켜 주기 위한 고마운 움직임 이었다.

'다들 고마워요!'

이민혁의 움직임엔 더 큰 자신감이 붙었다.

3명이 덤벼들면 체념하려고 했는데, 한 명이 덤벼들었다.

휘익! 툭! 후웅!

이민혁은 상체 페인팅에 이어 순간적으로 속도를 높이며 방향을 틀었다. 이 움직임으로 덤벼드는 선수 하나를 제쳐 냈다.

깔끔한 돌파에 성공하자 관중석에서 함성이 터졌다.

또 다른 선수 하나가 다급히 달려들었다.

이민혁은 근처에 있던 피르미누와 공을 주고받았다. 피르미누는 연계 능력이 좋은 선수.

원터치로 이민혁에게 공을 넘겼고.

이런 팀플레이로 상대 선수 하나의 압박을 또다시 벗어났다.

2명을 끌어낸 지금, 공간이 생겼다.

슈팅을 때릴 수도 있고, 동료에게 킬패스를 찌를 수도 있는 공간.

하지만 이민혁은 두 가지 모두 선택하지 않았다.

슈팅을 때리면 상대 수비진의 몸에 맞을 가능성이 높아 보였고, 킬패스를 시도하기엔 컨디션이 좋은 다비드 데 헤아의 모습이 머릿속에 스쳐 지나갔다.

'골을 넣기 위한 더 완벽한 상황을 만들어야겠어.'

이민혁이 더욱 속도를 높였다.

넓은 공간으로 직접 드리블을 하며 전진했다.

이어서 파고들었다. 맨체스터 유나이티드의 수비수들 사이로.

그러자 맨체스터 유나이티드의 센터백 달레이 블린트가 크게 소리쳤다.

"공간 좁혀!"

또 다른 센터백 크리스 스몰링에게 한 말이었다.

크리스 스몰링은 달레이 블린트의 목소리를 듣자마자 공간을 좁혔다.

하지만.

이민혁은 이미 그 틈 사이로 파고들고 있었다.

"못 들어가지!"

크리스 스몰링이 눈을 부릅뜨며 강하게 몸을 부딪쳤다. 이민혁의 침투를 방해하려는 것이었다.

퍼어억!

그러나.

"억!"

몸싸움을 시도한 크리스 스몰링이 밀려 나왔다.

이민혁은 씨익 웃으며 깊숙이 파고들었다.

"들어간다."

맨체스터 유나이티드의 센터백들 사이를 파고들자, 다비드 데 헤아 골키퍼가 보였다.

그는 공간을 좁히며 튀어나오고 있었다. 굉장히 민첩한 움직임이었다.

이때, 이민혁의 머릿속에 몇 가지 선택지가 떠올랐다.

그중 몇 가지는 빠르게 탈락했다.

가장 먼저 탈락한 건 칩슛.

골대와의 거리가 애매하다. 다비드 데 헤아는 영악하게 거리를 조절하며 튀어나오고 있었다.

두 번째로 탈락한 건 슈팅.

다비드 데 헤아는 소름 끼칠 정도로 각을 잘 좁혀 왔다.

이민혁이 슈팅 능력이라면 반대편 골대를 노릴 수 있지만, 그건 다비드 데 헤아가 원하는 것일 수도 있다.

짧은 시간 동안 펼쳐진 이민혁과 다비드 데 헤아의 심리전.

선택을 내려야 했다.

다비드 데 헤아가 아주 가까운 곳까지 접근해 왔으니까.

'그게 좋겠다.'

스윽!

이민혁은 다비드 데 헤아가 덤벼드는 타이밍에 맞춰서, 몸을 돌렸다.

공을 컨트롤하며 빠르게 회전하는 움직임.

휘익!

덤벼들던 다비드 데 헤아가 깜짝 놀라서 손바닥으로 땅을 짚었다. 그대로 지나치려는 이민혁을 향해 팔을 뻗었다.

정확히는 이민혁의 다리 밑에 있는 공을 향해 손을 뻗은 것이지만.

"안 돼!"

손이 공에 닿기 직전, 이민혁은 공을 앞으로 쳐 내며 다비드 데 헤아와의 거리를 벌렸다.

빈 골대.

그곳으로 이민혁은 공을 툭 밀어 넣었다.

골대 바로 뒤, 관중석에 있던 관중들이 미쳐 날뛰기 시작했다. 이민혁은 그들을 향해 환하게 웃으며 양팔을 넓게 펼쳤다.

*   *   *

—고오오오오오오올!

—우와아아아! 엄청난 골입니다! 이민혀어어어어어어억!

해설들이 흥분해서 소리를 질러 댔다.

리버풀과 맨체스터 유나이티드전에서 나온 선제골.

그 골이 너무나도 화려했기 때문이었다.

상대의 수비진을 휘젓고 들어가며 세계 최고의 골키퍼 다비드 데 헤아까지 제쳐 내며 만들어 낸 골.

관중들 역시 너무 흥분해서 정신을 차리지 못했다.

"으아아아아아아! 이거지! 이게 리버풀이지이이이!"

"이민혀어어어억! 네가 최고다! 넌 미쳤어! 미쳤다구우우우우!"

"뭐야?! 이거 뭐야아아? 오… 도대체 무슨 미친 골이 터진 거냐고?!"

"이민혁이 다비드 데 헤아를 완전히 농락했어! 크하하하! 이렇게 통쾌할 수가!"

"오우……! 말도 안 돼! 난 앞으로 이민혁이라는 이름을 평생 기억할 거야! 리버풀은 어떻게든 이민혁과의 장기 계약에 성공해야 해!"

"으어어어엌! 원더골! 원더골이야! 이민혁은 어떻게 매번 이런 골을 만들어 내는 거야?!"

반면.

맨체스터 유나이티드의 팬들은 믿을 수 없다는 얼굴로 이민혁을 쳐다봤다.

"저 자식 뭐야……? 달레이 블린트와 크리스 스몰링을 너무 쉽게 뚫어 내고, 다비드 데 헤아까지 바보로 만들었잖아……?"

"무슨 저런 놈이 다 있어?! 아니, 달레이 블린트랑 스몰링은 저렇게 쉽게 뚫릴 녀석들이 아닌데……."

"이게 무슨……? 이민혁 저 녀석 말도 안 되게 잘하잖아……?"

"저런 놈을 막아야 한다고……? 젠장! 저런 녀석이 왜 리버풀에 간 거야? 아니지, 맨체스터 유나이티드는 저런 괴물을 왜 리버풀에게 뺏긴 거야? 이런 한심한 얼간이들!"

이처럼 충격에 빠진 맨체스터 유나이티드 팬들의 모습은.

이민혁의 눈에도 보였다.

'반응이 재밌네.'

그 모습을 보며, 이민혁은 생각했다.

'더 충격받게 해 줘야겠어.'

맨체스터 유나이티드의 팬들에게 끔찍한 하루를 만들어 주겠다고.

Chapter. 3

　맨체스터 유나이티드의 팬들에게 끔찍한 하루를 만들어 주겠다는 생각.

　나쁜 의도는 아니었다.

　그만큼 오늘 경기에서 좋은 활약을 펼치고 싶다는 의미였다.

　"그래야 경험치도 많이 받을 테니까."

　선제골을 넣은 이후에도 이민혁은 계속해서 측면과 중원을 오가며 활발하게 움직였다. 동료들과 패스를 주고받고, 적극적으로 돌파를 시도하며 맨체스터 유나이티드의 측면을 뚫어 냈다.

　지금도 그랬다.

　―이민혁, 루크 쇼의 수비를 뚫어 냅니다!

루크 쇼의 수비는 나쁘지 않았지만, 바이에른 뮌헨 시절 매일 같이 상대했던 필립 람에 비하면 허술한 수비였다.

때문에, 이민혁은 루크 쇼를 너무나도 쉽게 제쳐 냈다. 루크 쇼의 발이 나오게끔 유도한 뒤, 빠른 속도로 파고들었다.

완벽하게 뻥 뚫린 맨체스터 유나이티드의 측면.

크로스를 올린다면 '정교한 크로스' 스킬이 발동될 것이다.

하지만 이민혁은 크로스를 선택하지 않았다.

직접 공을 몰고 깊숙이 파고들었다.

맨체스터 유나이티드의 페널티박스 안쪽까지 침투하려고 할 때, 상대의 센터백 달레이 블린트가 앞을 막아섰다.

달레이 블린트는 영리하게 수비를 하는 것으로 정평이 나 있는 선수.

그럼에도 이민혁은 전진을 멈추지 않았다.

휘익!

오른발로 헛다리를 한 번 짚고.

타앗!

왼발로 공을 밀며 각을 만들었다.

곧바로 이어진 왼발 슈팅. 아주 빠른 타이밍에 나온 슈팅이었고.

양발잡이인 이민혁에게서 나온 움직임이었다.

머릿속이 복잡했던 달레이 블린트는 이민혁의 움직임을 잡지 못했고.

고개를 돌려 쏘아진 슈팅을 바라볼 수밖에 없었다.

다비드 데 헤아라는 최고 수준의 골키퍼가 몸을 날렸지만.

이민혁의 슈팅이 너무 강력했다. 궤적도 너무 날카로웠다. 다비드 데 헤아조차 막아 내지 못할 정도로.

철렁!

맨체스터 유나이티드의 골 망이 흔들렸다.

전반전 38분에 나온 이 골에 골대 뒤에 있던 관중들이 제자리에서 점프하며 함성을 질러 댔다.

그 모습을 본 이민혁이 씨익 웃었다. 보는 것만으로도 짜릿해지는 장면이었다.

이때, 이민혁은 고개를 돌려 맨체스터 유나이티드의 팬들을 바라봤다.

응원하는 팀이 두 번째 골을 허용하는 걸 본 맨체스터 유나이티드의 팬들은 붉게 달아오른 얼굴로 짜증을 내고 있었다.

"젠장! 도대체 뭐 하는 거냐고오오오?! 왜 이민혁 하나를 못 막는 거냐고?!"

"루크 쇼가 문제야! 저 멍청이는 이민혁을 단 한 번도 막은 적이 없어! 계속해서 멍청하게 뚫리고 있잖아?"

"루크 쇼랑 달레이 블린트를 당장 빼야 해! 저 자식들 주급만 많이 받아 처먹고 하는 게 없잖아!"

"다비드 데 헤아도 좀 이상한데? 물론 이민혁의 슈팅이 날카롭긴 했지만, 그대로 데 헤아라면 2골이나 먹히면 안 됐지!"

"아오! 짜증 나! 내가 이딴 경기를 보려고 이곳에 온 게 아닌데!"

이런 맨체스터 유나이티드의 팬들을 구경하던 이민혁은.

"헙?!"

헛바람을 들이켰다.

우르르 달려든 동료들 때문이었다.

"역시 이민혁이야! 상대를 안 가리고 미쳐 날뛰는구나!"

"으하하하! 민혁! 네가 맨체스터 유나이티드를 발라 버렸어!"

"리! 너무 멋있는 거 아니야? 저기, 팬들 좀 보라고! 다들 네 이름을 외치고 있다고!"

"대단한 골이었어!"

"멋진 활약이었어! 축하해!"

이처럼 루카스 레이바, 크리스티안 벤테케, 제임스 밀너, 피르미누, 필리페 쿠티뉴의 축하를 받으며.

이민혁은 눈앞의 메시지를 바라봤다.

[퀘스트를 완료하셨습니다!]

[퀘스트 내용: 맨체스터 유나이티드와의 경기에서 2개의 골을 기록하세요.]

[보상으로 경험치가 대폭 증가합니다.]

[퀘스트를 완료하셨습니다!]

[퀘스트 내용: 맨체스터 유나이티드와의 경기에서 2개의 공격포인트를 기록하세요.]

[보상으로 경험치가 대폭 증가합니다.]

[퀘스트를 완료하셨습니다!]

[퀘스트 내용: 맨체스터 유나이티드와의 경기에서 전반전에만 2개의 골을 기록하세요.]

[보상으로 경험치가 대폭 증가합니다.]

[퀘스트를 완료하셨습⋯⋯.]

⋯⋯.

[레벨이 올랐습니다!]

*   *   *

"됐어!"

이민혁이 주먹을 불끈 쥐며 기뻐했다.

레벨이 올랐다.

지난 경기들에서 쌓여 온 경험치와 지금 받은 경험치들이 합쳐진 결과였다.

[스탯 포인트 2를 사용하셨습니다.]

[헤딩 능력치가 2 상승합니다.]

[현재 헤딩 능력치는 69입니다.]

스탯 포인트를 사용해 능력치를 올린 뒤.

이민혁은 상대 선수들의 얼굴을 훑었다.

분위기가 장난이 아니었다.

맨체스터 유나이티드 선수들의 눈빛은 이글이글 불타고 있는 것처럼 보였다.

그만큼 강렬했다.

"어지간히 지기 싫은 모양이야."

리버풀에게만큼은 지기 싫다는 맨체스터 유나이티드 선수들의 마음이 드러난 것이었다.

이처럼 강한 의지 때문일까?

전반전이 끝나기 전, 맨체스터 유나이티드는 좋은 기회를 만들어 냈다.

―아! 주심이 페널티킥을 선언합니다!

―후안 마타의 드리블이 좋았는데… 아~! 이때 마르틴 슈크르텔의 다리에 걸려 넘어졌네요! 마르틴 슈크르텔이 주심에게 항의를 해 보지만 주심은 받아들여 주질 않습니다.

페널티킥.

골을 넣기 가장 좋은 기회라고 해도 과언이 아닌, 최고의 기회.

키커로 나선 선수는 맨체스터 유나이티드의 미드필더 안데르 에레라였다.

그는 좋은 킥을 지닌 선수답게 강력하고 정확한 슈팅을 때려 내며 리버풀의 골 망을 흔들었다.

―들어갔습니다! 안데르 에레라가 페널티킥을 멋지게 성공시키

며 스코어를 2 대 1로 만듭니다!

─경기가 더 재밌어지는데요? 1점 차이는 언제든지 뒤집힐 수 있죠~!

해설들의 말처럼, 축구에서 1점은 큰 차이가 아니었다.

언제든지 뒤집힐 수 있는 점수였다.

맨체스터 유나이티드 선수들도 그렇게 생각하고 있었다.

맨체스터 유나이티드의 팬들 역시 같은 생각이었다.

우와아아아아아!

거대한 함성이 터졌다.

─이야~! 이곳 올드 트래퍼드에 있는 맨체스터 유나이티드의 팬들이 거대한 함성을 보내고 있습니다! 맨체스터 유나이티드의 분위기가 제대로 살아나는데요?

홈구장에서 팬들의 응원을 받는 맨체스터 유나이티드는 강했다.

기세가 살아난 만큼이나 경기력도 좋아졌다.

경기가 종료되기 전, 리버풀은 한 차례 위기를 넘기며 실점을 피해 냈다.

그때였다.

삐이이익!

전반전 종료를 알리는 휘슬 소리가 울려 퍼졌다.

리버풀로선 다행이었다. 맨체스터 유나이티드의 좋은 흐름이 끊겼으니까.

하지만 맨체스터 유나이티드는 후반전이 시작되자마자 리버풀을 몰아붙였다.

축구 팬들 사이에서 몰락 중이라는 말을 듣던 맨체스터 유나이티드였지만, 지금 보여 주는 경기력은 절대 몰락 중인 팀의 것이 아니었다.

―맨체스터 유나이티드! 강합니다! 오늘 맨체스터 유나이티드의 경기력이 상당히 좋은데요?

반면, 리버풀의 수비는 좋지 못했다.

마르틴 슈크르텔과 데얀 로브렌이 계속해서 흔들리는 모습을 보이며, 다른 동료들까지 불안하게 만들었다.

특히 데얀 로브렌은 해서는 안 될 실수까지 해 버렸다.

―데얀 로브렌, 시몽 미뇰레 골키퍼에게 패스합… 아! 패스미스입니다! 앙토니 마르시알이 공을 가로챕니다! 앙토니 마르시알, 슈티이이잉! 들어갑니다!

―아……! 이게 뭔가요……? 데얀 로브렌! 뼈아픈 실책입니다! 방금은 더 안정적으로 처리했어야죠!

골키퍼에게 파워 조절에 실패한 짧은 패스를 보내며, 후반전에 교체투입 된 앙토니 마르시알에게 실점의 빌미를 허용한 데 얀 로브렌.

그는 자신의 실수에 분노하며 욕설을 내뱉었다.

"제기랄! 이딴 실수를……."

동료들이 그를 위로했지만, 데얀 로브렌은 마음을 쉽게 추스르지 못했다.

멘탈이 흔들린 그는 경기가 진행되는 후반전 내내 계속해서 흔들리는 모습을 보였다.

당연하게도 그 모습을 지켜보는 리버풀 팬들은 분노할 수밖에 없었다.

"브렌던 로저스 이 미친 새끼야! 데얀 로브렌 저 멍청한 새끼를 당장 안 빼고 뭐 하는 거야?!"

"데얀 로브렌! 당장 꺼져! 차라리 마마두 사코가 들어오는 게 훨씬 낫겠다!"

"로브렌 저 얼간이 녀석! 왜 저렇게 빡치는 플레이를 하지? 뇌가 없는 거냐?!"

"이민혁이 다 해 주면 뭐 하냐! 멍청한 수비수들이 다 망쳐 놓는데!"

"브렌던 로저스 감독의 축구는 수비 실력이 너무 역겨워!"

계속해서 수비가 흔들리고, 분위기마저 완전히 죽어 버린 리버풀은.

결국, 추가골까지 허용했다.

─고오오오오오올! 마루안 펠라이니! 공중을 지배하며 엄청난 헤딩 골을 터뜨렸습니다!

올드 트래퍼드의 분위기가 뜨겁게 달궈졌다.

맨체스터 유나이티드의 홈구장에서 나온 역전골은 맨체스터 유나이티드의 팬들을 흥분시켰다.

*　　　　*　　　　*

"좋지 않은데?"

열광하는 맨체스터 유나이티드의 팬들의 모습을 보며, 이민혁이 중얼거렸다.

맨체스터 유나이티드의 기세가 너무 올라갔다.

반대로 리버풀의 기세는 너무 떨어졌다.

이런 분위기로는 이길 수가 없다.

그래서 이민혁은.

"분위기 좀 식혀야겠어."

직접 분위기를 바꿀 생각이었다.

─이민혁이 중앙으로 내려와서 공을 받아 줍니다. 어? 직접 몰고 나가네요?

중원에서 공을 받은 이민혁은 공을 몰고 전진했다.

그러자 맨체스터 유나이티드 선수들이 주변을 둘러쌌다. 이민혁을 철저히 경계하는 모습이었다.

하지만 이민혁이 누구던가.

현시점에서 세계 최고 수준의 드리블 실력을 지닌 선수였다.

더구나 동료를 이용할 줄 아는 선수였다.

─우와아아! 이민혁, 한 명을 제친 뒤에 2 대 1 패스로 압박을 벗어나는 움직임! 대단합니다!

두 명의 압박을 벗어난 이민혁은 계속 전진했다. 상대 선수 하나가 또 덤벼들었지만, 이민혁에겐 쉬운 상대였다.

툭! 휘익!

상대가 발을 넣는 순간에 팬텀 드리블을 펼치며 또다시 한 명을 제쳐 냈다.

이때, 맨체스터 유나이티드의 센터백 크리스 스몰링은 엄청난 속도로 전진하는 이민혁을 막기 위해 어쩔 수 없는 선택을 했다.

이민혁이 페널티박스 안으로 침투하기 전에 태클로 끊어 내는 것이었다.

촤아아악!

크리스 스몰링의 슬라이딩태클은 날카로웠다.

그러나 상대는 이민혁이었다.

크리스 스몰링의 태클을 예상하며 땅을 박차고 몸을 띄웠다. 이민혁의 시그니처 플레이 중 하나였다.

이때, 크리스 스몰링의 마음이 급해졌다.

'저대로 넘어가게 하면 절대 안 돼!'

자신이 뚫리면 남은 건 달레이 블린트와 다비드 데 헤아뿐. 그렇게 되면 저 괴물 같은 이민혁은 분명 골을 집어넣을 것이다.

그런 상황을 절대 만들면 안 된다는 생각이 크리스 스몰링의 머릿속에 가득 차올랐다.

다급해진 크리스 스몰링의 판단력은 흐려졌다.

그저 본능적으로 자신의 몸을 넘어가는 이민혁을 향해 다리를 높게 뻗었다.

결과는 성공이었다.

터억! 휘청!

허공에 몸을 띄운 이민혁은 크리스 스몰링의 다리에 걸려 그대로 앞으로 고꾸라졌다.

크리스 스몰링은 분명 이민혁의 돌파를 막아 내는 것에 성공했다.

다만.

삐이이이이익!

─반칙이 선언됩니다! 크리스 스몰링! 이건 너무 대놓고 한 반칙이죠! 이거, 카드가 나오겠는데요? 아~! 나옵니다! 주심이 크리스 스몰링에게 레드카드를 내밉니다!

레드카드를 막지는 못했다.

"휴우!"

이민혁이 이마에 흐르는 땀을 닦아 냈다.

"위험했어."

위험한 순간이었다. 몸을 띄운 상태에서 중심을 잃고 바닥에 떨어졌다.

낙법을 하긴 했지만, 자세가 불안정했기에 팔이 땅에 강하게 부딪혔다.

하마터면 뼈를 다칠 수도 있는 상황이었다.

하지만 뼈는 멀쩡했다.

"되게 아픈데, 괜찮네."

비정상적인 일이었지만, 이민혁은 그 이유를 알고 있었다.

[단단한 뼈]

유형: 패시브

효과: 어떤 상황에서도 뼈가 부러지지 않게 됩니다.

"효과 확실하네."

*　　　　　*　　　　　*

레벨이 200이 되며 얻었던 '단단한 뼈' 스킬.

그 스킬의 효과에 만족하며, 이민혁은 반칙을 한 크리스 스몰링을 바라봤다.

다치진 않았지만, 분명 위험한 태클이었다.

동업자 정신이 있다면 절대 해선 안 되는 플레이.

다행히 크리스 스몰링도 그 사실을 알고 있는 듯했다.

"리, 미안하다. 내가 마음이 너무 급했어."

"그래, 다음부턴 조심해 달라고."

이민혁은 크리스 스몰링의 어깨를 두드리며 몸을 돌렸다.

집중력을 높여야 하는 시간이었다.

'페널티킥이 아닌 게 아쉽지만, 그래도 좋은 기회를 얻었어.'

페널티박스 바로 바깥에서 얻은 프리킥.

골대까지의 거리는 아주 가까웠다.

더군다나 프리킥에 자신이 있는 이민혁이었다.

'크리스 스몰링도 퇴장을 당했고.'

또한, 상대 선수 하나가 퇴장했기에, 리버풀은 남은 시간 동안 유리한 경기를 치르게 될 것이다.

만족스러운 상황에 놓인 지금.

이민혁은 프리킥을 위해 공과의 거리를 벌렸다.

"흐읍!"

늘 그랬듯 숨을 크게 들이마셨고.

"후우!"

모든 숨을 내쉬었다.

삐이이이익!

주심의 휘슬 소리가 들렸다.

이민혁은 숨을 참고 목표로 하는 위치를 바라봤다.

맨체스터 유나이티드의 골대 왼쪽 상단 구석.

오로지 그곳만을 바라보며 공을 향해 움직였다.

잠시 공을 바라보며 다리를 휘두른 이민혁은 다시 목표 위치로 시선을 옮겼다.

[상대의 페널티박스 바깥에서 슈팅했습니다!]
['중거리 슈터' 스킬 효과가 발동됩니다!]
[슈팅의 정확도가 대폭 상승합니다.]

허공에 떠오른 메시지를 무시했다. 공의 움직임과 목표 위치에만 집중했다.

쉬이이익!

이민혁의 눈에 강하게 휘어 들어가는 공이 보였다.

이 정도면 충분했다. 공의 궤적을 보니 확신할 수 있었다.

골이 될 것이라는 걸.

"됐어."

이민혁이 몸을 돌렸다.

공의 움직임을 끝까지 지켜보지 않고 한 움직임이었다.

일종의 세리머니였다.

그 순간, 귓속에 팬들의 함성이 파고들었다.

우와아아아아아아!

솜털이 짜릿하게 설 정도로 거대한 함성이었다.

＊　　　＊　　　＊

―고오오오오오오올! 이민혁이 프리킥을 성공시킵니다! 이민
혁이 기어코 동점을 만들어 냅니다!

―해트트릭이네요! 허허! 오늘도 해트트릭을 기록하는 이민혁입
니다!

―이민혁 선수, 방금 프리킥을 하고 몸을 돌리지 않았나요? 골
을 확신하고 세리머니를 한 걸까요?

―정황상 맞는 것 같습니다. 골을 넣은 지금도 너무나도 덤덤하
지 않습니까?

―놀랍네요, 정말!

프리킥으로 인한 동점골과 이민혁의 세리머니.

그 장면을 두 눈으로 본 리버풀의 팬들은 흥분을 쉽게 가라
앉히지 못했다.

"와우! 이 경기는 미쳤어! 이런 경기를 라이브로 보게 될 줄이
야!"

"방금 이민혁 세리머니 봤어?! 봤냐고? 저 녀석, 자신의 프리킥
이 골이 될 걸 확신하고 있었다고!"

"하하하! 이민혁이 또 해트트릭을 했어! 이 녀석, 이제 겨우 20세
인데 EPL을 지배하려 하고 있다고!"

"이제 겨우 리그 5경기째인데, 이민혁이 벌써 득점왕을 확정
지은 느낌이야. 벌써 18골을 넣었고 그 누구도 이민혁보다 많은
골을 넣을 수 있을 것 같지는 않거든!"

"압도적이다! 이민혁은 정말 압도적이야! 안 좋았던 팀의 분위기를 완전히 바꿔 놨어!"

실시간으로 경기를 보던 한국 축구 팬들 역시 뜨거운 반응을 보였다.

ㄴㅋㅋㅋㅋㅋㅋㅋㅋㅋㅋ맨유 팬들 충격 먹은 것 좀 봐ㅋㅋㅋㅋㅋ 이게 이민혁이다ㅋㅋㅋㅋㅋㅋㅋㅋ

ㄴ맨체스터 유나이티드 팬들은 진짜 ㅈ같겠다ㅋㅋㅋㅋㅋ 이민혁 하나 때문에 경기가 이렇게 되네ㅋㅋㅋㅋ

ㄴ근데 리버풀 수비는 진짜 쓰레기다;;;;; 이민혁이 이렇게까지 버스를 태워 줘야 동점이 되네.

ㄴ그래도 이제 리버풀이 경기 잡을 듯. 맨유는 선수 하나 없잖아.

ㄴ이민혁이 혼자 다 하네ㄷㄷㄷ 앤 진짜 밸붕인 것 같아ㅋㅋㅋㅋㅋㅋ

ㄴ분데스리가에서도 말도 안 되게 잘하더니 EPL에서도 완벽하네ㅋㅋㅋ 이민혁은 진짜 ㅈㄴ잘한다ㅋㅋㅋㅋㅋㅋㅋ

ㄴ프리킥 차자마자 몸 돌리는 거 개간지! ㅇㅈ?

ㄴ왜 저렇게 멋있냐? 짜증 나게;;;;;

이민혁이 미소를 지었다.

"분위기가 바뀌었네."

원하는 대로 리버풀 쪽으로 분위기가 넘어왔다.

양 팀 팬들의 분위기도 조금 전과는 완전히 달라졌다.

만족스러운 상황이었다.

더구나 받은 경험치의 양도 상당했다.

[퀘스트를 완료하셨습니다!]

[퀘스트 내용: 맨체스터 유나이티드를 상대로 해트트릭을 기록하세요.]

[보상으로 경험치가 50% 증가합니다.]

[퀘스트를 완료하셨습니다!]

[퀘스트 내용: 맨체스터 유나이티드를 상대로 3개의 공격포인트를 기록하세요.]

[보상으로 경험치가 대폭 증가합니다.]

"좋네."

레벨이 오르진 않았지만, 충분히 많은 경험치를 얻은 것에 만족하며 이민혁은 경기 재개를 기다렸다.

—리버풀이 적극적으로 맨체스터 유나이티드를 압박합니다! 이민혁의 동점골 이후로 리버풀 선수들의 적극성이 올라간 것 같죠?

—예. 아무래도 힘이 날 수밖에 없죠. 게다가 맨체스터 유나이티드는 선수 한 명이 부족하니까요.

맨체스터 유나이티드는 잔뜩 웅크렸다.

11명의 리버풀을 10명의 선수가 상대하면서 공격까지 나가는 건 어려운 일이었다.

맨체스터 유나이티드는 리버풀에게 주도권은 넘겨주되, 역습 한 방을 노리기 시작했다.

반대로 굉장히 유리한 상황에 놓인 리버풀은 빠르게 공을 돌리며 추가골을 만들어 내기 위해 움직였다.

하지만 완전히 눌러앉은 맨체스터 유나이티드는 비록 10명이지만, 쉽게 뚫리지 않았다.

─맨체스터 유나이티드! 뚫리지 않습니다! 리버풀의 공격을 끈질기게 수비해 냅니다!

맨체스터 유나이티드가 계속해서 버텨 내자, 리버풀의 공격이 점점 무뎌지기 시작했다.

후반전이 얼마 남지 않았고, 워낙 치열한 경기를 펼쳐 왔기 때문에 체력이 떨어진 것이었다.

그런데 이민혁만큼은 계속해서 활발하게 공격을 시도했다.

─이민혁! 슈티이잉! 아~! 수비벽에 막히네요!

─이민혁 슈팅! 이게 골대에 맞나요? 맨체스터 유나이티드로선 천만다행인 순간입니다!

─이민혁! 크로스! 아! 크리스티안 벤테케의 헤딩이 골대를 벗어납니다. 완벽한 크로스였는데, 크리스티안 벤테케가 이걸 못 넣어 주네요! 리버풀 선수들이 아쉬워하고 있습니다!

골은 쉽게 터지지 않았다.

시간은 계속 흘렀다.

어느덧 후반 40분이 지났다.

맨체스터 유나이티드는 이제 골 욕심을 버렸다.

승리하는 걸 포기하고, 무승부를 목표로 수비하기 시작했다.

그러자 급해진 건 리버풀이었다.

―아! 끊깁니다! 리버풀 선수들이 너무 마음이 급해 보이는데요? 좀 더 침착하게 만들어 갈 필요가 있어 보입니다!

42분… 43분… 45분…….

시간은 계속 흘렀다.

―추가시간 3분이 주어지네요. 과연 경기의 결과는 어떻게 될까요?

이민혁은 동료들과 공을 주고받으며 활발하게 움직였다. 상대의 빈틈을 찾기 위해 끊임없이 노력했다.

마침내 기회가 생겼다.

공을 멀리 걷어 내려는 마테오 다르미안의 의도를 예측한 이민혁이 발을 쭉 뻗어서 날아가는 공을 끊어 냈다.

터엉!

이민혁의 발에 막힌 공이 잔디 위에 떨어졌다. 공과 가까이에 있던 선수는 호베르투 피르미누였다.

호베르투 피르미누는 조금의 망설임도 없이 이민혁에게 공을 넘겼다.

공을 받은 이민혁은 속도를 높여 상대의 측면을 파고들었다.

체력이 남아 있었기에 가능한 움직임이었다. 다만, 페널티박스 안에 있는 수비수들의 숫자가 너무 많았다.

'엄청 몰려 있네.'

이민혁이 측면 깊숙이 들어가려고 하자 상대 선수들이 덤벼들었다. 이때, 이민혁은 공을 컨트롤하며 뒷걸음질을 쳤다.

상대를 끌어들이는 움직임.

맨체스터 유나이티드 선수들은 알면서도 이민혁을 쫓아갈 수밖에 없었다.

그만큼 맨체스터 유나이티드에게 이민혁은 위협적인 선수였다.

그때였다.

"멈춰! 다시 돌아와!"

맨체스터 유나이티드의 수비진을 지휘하던 달레이 블린트가 크게 소리쳤다.

수비진의 반응은 빨랐다.

이민혁에게 달려들던 선수들이 다시 몸을 뺐다.

훌륭한 조직력이었다.

"됐어! 자리 지키면서 막으면 돼!"

달레이 블린트가 자신만만한 목소리로 소리쳤다.

하지만.

그가 모르는 사실이 있었다.

"되게 고맙네."

이게 바로 이민혁이 노리던 상황이라는 것을.

상대 수비수들이 뒷걸음질을 친 지금, 이민혁에겐 여유가 생겼다. 압박도 없고 공간도 생겼다.

물론 그 공간은 매우 좁았다.

현재 이민혁의 위치는 페널티박스 바로 바깥이었고, 아웃라인과 아주 가까운 곳이었다.

공이 20㎝만 오른쪽으로 움직이면 그대로 아웃이 선언될 위치.

그곳에서.

후웅!

이민혁이 왼쪽 다리를 휘둘렀다.

아주 짧고 빠르게, 기습적으로 시도한 슈팅이었다.

왼발로 공을 강하게 감아 차는 슈팅.

[상대의 페널티박스 바깥에서 슈팅했습니다!]
['중거리 슈터' 스킬 효과가 발동됩니다!]
[슈팅의 정확도가 대폭 상승합니다.]

[20% 확률로 '예리한 슈팅' 스킬 효과가 발동됩니다!]
[슈팅의 정확도가 대폭 상승합니다.]

2개의 메시지를 뒤로한 채, 이민혁은 공의 움직임에 집중했다.

쉬이익!

기습적인 슈팅으로 모두가 경직되었을 때.

공은 공중에서 유유히 휘어졌다. 골대의 반대편 구석을 향해 급격하게 감겨 들어갔다.

맨체스터 유나이티드의 다비드 데 헤아 골키퍼가 깜짝 놀라서 몸을 날렸지만, 점프하기 전의 그는 골대의 오른쪽 끝에 위치해 있었다.

다비드 데 헤아의 손은 완전히 왼쪽 상단 구석으로 빨려 들어가는 공에 닿지 못했다.

철렁!

맨체스터 유나이티드의 골 망이 흔들렸다.

─우오오오오오오옷?! 이, 이게?! 우와! 들어갔습니다아아아아! 버저비터 골! 이게 들어가네요!

─이민혁입니다! 말도 안 됩니다! 정말 말이 안 되는 골이 터졌습니다! 각이 전혀 없어 보였거든요?! 놀랍습니다! 아니, 경악스럽습니다! 이민혁이 아주 귀중한 골을 터뜨립니다!

─확실한 건, 이 골도 푸스카스상 후보에 올라갈 것 같군요! 이민혁은 오늘도 저희를 놀라게 하네요!

각이 없는 위치에서 만들어 낸 골.

불가능에 가까운 골을 넣은 이민혁은 양팔을 넓게 펼치며 코너킥 라인을 따라 뛰었다.

우와아아아아아!

팬들의 함성이 쏟아졌다.

이민혁은 환하게 웃으며 저 멀리서 달려오는 동료들을 향해 다시 한번 팔을 뻗었다.

*   *   *

삐이이이익!

치열한 경기가 끝이 났다.

추가시간에 골을 허용한 맨체스터 유나이티드가 다급하게 공격을 시도해 봤지만, 10명이 전개하는 공격은 리버풀에게 위협이 되지 않았다.

선수들 모두 바닥에 드러누웠다.

그만큼 체력적으로 힘든 경기였다. 모든 걸 쏟아 낸 경기였다.

이민혁도 평소와는 다르게 바닥에 드러누웠다.

"하하… 힘드네."

다른 경기 때보다 훨씬 더 체력 소모가 심했다.

반대편 윙어와의 스위칭, 측면과 중원을 오가는 움직임, 적극적인 전방압박, 꾸준한 수비 가담을 한 결과였다.

"이겨서 다행이야."

이민혁의 입꼬리가 올라갔다.

마지막에 넣은 골이 아직도 눈에 생생했다.

반신반의한 마음으로 시도한 슈팅이었다. 훈련 때도 가끔 시도하는 슈팅이었지만, 성공률은 낮았었다.

"레벨도 오를 것 같고."

여전히 잔디 위에 누운 채.

이민혁은 아까부터 허공에 떠 있던 메시지들을 향해 시선을 옮겼다.

[퀘스트를 완료하셨습니다!]

[퀘스트 내용: 맨체스터 유나이티드를 상대로 4개의 골을 기록하세요.]

[보상으로 경험치가 50% 증가합니다.]

[퀘스트를 완료하셨습니다!]

[퀘스트 내용: 맨체스터 유나이티드를 상대로 4개의 공격포인트를 기록하세요.]

[보상으로 경험치가 30% 증가합니다.]

[퀘스트를 완료하셨습니다!]

[퀘스트 내용: 맨체스터 유나이티드를 상대로 추가시간에 골을 기록하세요.]

[보상으로 경험치가 20% 증가합니다.]

[퀘스트를 완료하셨습니다!]

[퀘스트 내용: 맨체스터 유나이티드를 상대로 승리하세요.]

[보상으로 경험치가 대폭 증가합니다.]

[퀘스트를 완료하셨습……]

…….

[레벨이 올랐습니다!]
[레벨이 올랐습니다!]

＊　　　　＊　　　　＊

「리버풀, 맨체스터 유나이티드전 승리하며 리그 5연승 이어 가!」

「리버풀의 수비 불안, 언제 해결될까? 이민혁의 활약에도 불구하고 맨체스터 유나이티드전 진땀 승리.」

「이민혁, 맨체스터 유나이티드에게 4골 몰아치며 압도적인 실력 드러내! EPL에 완벽히 적응한 분데스리가의 축구황제!」

「리그 5경기 만에 19골 넣은 이민혁, 이제 EPL의 축구황제 되나?」

전 세계 축구 팬들 모두 경악했다.

그들 모두 이민혁의 활약상을 인터넷으로 찾아보고, 각종 축구 커뮤니티에 댓글을 달기 시작했다.

ㄴ너무 잘하잖아?!!! 이민혁은 이제 신계에 올랐다는 말이 어색하지 않아. 리그 5경기 만에 얘만큼 많은 골을 넣을 수 있는 녀석이 있어? 없잖아. 게다가 얘는 어시스트도 15개라고! 이 미친 녀석은 리그 5경기 만에 34개의 공격포인트를 올렸어! 그것도 세계 최

고의 리그인 프리미어리그에서!!!!

ㄴ하하하… 이 한국인의 활약은 그저 웃음만 나와. 너무 비현실적이어서 웃는 것밖에 할 수 있는 게 없거든.

ㄴ난 세리에 A를 보는 축구 팬이야. 그래서 올해부터 이민혁의 경기를 챙겨 보기 시작했는데, 보자마자 후회했어. 이민혁이 나오지 않는 다른 경기는 재미없게 느껴지기 시작했거든.

ㄴ어떻게 이렇게나 잘할 수가 있는 거야? 예전 전성기 때의 호나우지뉴를 봤을 때도 이 정도는 아니었어.

ㄴ호나우지뉴는 외계인이 아니었어. 이민혁이 진짜 외계인이야. 어떻게 EPL에서 이 정도로 압도적인 실력을 보여 줄 수가 있는 거지? 대체 다른 선수들이랑 수준 차이가 얼마나 크다는 거야?

ㄴ이민혁이 지금 같은 경기력을 시즌 끝날 때까지 유지할 수 있다면, 세계 최고의 선수라는 말을 들어도 될 것 같아.

ㄴ불가능할 테지만, 정말 이번 시즌 내내 이런 경기력이라면 실력만으론 리오넬 메시나 크리스티아누 호날두보다도 윗급의 선수인 게 맞지. 사실상 지난 시즌의 이민혁도 메시, 호날두보다 더 잘했잖아?

ㄴ하… 이민혁이 최고라는 걸 인정하기 싫지만, 기록만으로 보면 최근 가장 축구를 잘하는 선수는 이민혁이 맞아. 더구나 이 녀석은 챔피언스리그 같은 큰 경기에도 강하다고.

반면, 지난 웨스트햄전에 이어서 또다시 수비에서 불안한 모습을 보여 준 리버풀에 대한 팬들의 불만은 더욱 커졌다.

ㄴ왜 리버풀은 4골을 넣어야만 이길 수 있는 거냐? 이 역겨운 수비는 언제 개선할 건데?

ㄴ브렌던 로저스가 이번 시즌엔 성적을 내고 있어서 리버풀이 달라졌나 생각했는데, 그게 아니었어. 그냥 이민혁이 있어서 5연승 하고 있는 거였어.

ㄴ이민혁 덕분에 이긴 거지, 브렌던 로저스의 전술은 최악이었어. 하마터면 맨체스터 유나이티드에게 질 뻔했다고.

ㄴ개같은 전술에도 너무 잘해 주는 이민혁에게 미안하지도 않냐? 당장 브렌던 로저스를 버리고 다른 감독을 데려와!

ㄴ감독도 갈아 치워야 하지만 수비수들부터 바꾸는 게 우선이지 않을까? 수비수들이 욕 나오게 못하잖아.

ㄴ수비수들의 능력은 감독이 누구냐에 따라서 달라지기도 해. 감독을 바꿔야 해.

이와 같은 리버풀의 수비진과 브렌던 로저스 감독에 대한 불만은 지난 시즌에도 계속 있었던 일이다.

다만, 팀의 5연승에도 불만은 줄어들지 않았다.

경기를 쭉 봐 온 팬들은 리버풀의 전술과 수비진이 바뀌면 더 좋은 경기력이 나올 것이라고 믿었기 때문이었다.

그리고 얼마 뒤.

마침내 팬들이 폭발해 버릴 사건이 터졌다.

*　　　　　*　　　　　*

「브렌던 로저스 감독, 노리치 시티전에서 이민혁 휴식 부여 예고?」
「컨디션 좋은 이민혁, 노리치 시티전에 출전 안 하나?」

5라운드 경기가 끝난 이후.

브렌던 로저스 감독은 리그 최고의 경기력을 보여 주고 있는 이민혁을 선발 명단에서 제외할 수 있다는 인터뷰를 했다.

5경기 연속으로 열심히 뛴 이민혁에겐 휴식이 필요하다는 이유였다.

며칠 뒤, 브렌던 로저스 감독은 실제로 이민혁을 벤치에 앉혔다.

이 사실에 리버풀의 팬들은 불만을 드러냈다.

체력이 좋기로 유명하고, 분데스리가에서 뛸 때도 거의 모든 경기에 출전했던 이민혁을 다섯 경기 만에 뺀 것에 대한 불만이었다.

게다가 이민혁이 없는 리버풀의 경기력은 좋지 못했다.

―아~! 리버풀이 노리치 시티에게 선제골을 허용합니다! 전반전부터 수비가 불안했는데, 결국엔 골을 허용했네요!

심지어 리버풀은 리그 하위권 팀인 노리치 시티를 상대로 답답한 경기를 이어 가다가 후반전에 선제골을 허용하기까지 했다.

―리버풀의 공격이 오늘 잘 풀리지 않습니다. 이민혁이 없기 때

문일까요? 바로 전 경기와는 경기력에서 너무 큰 차이를 보이네요.

리버풀은 후반전이 진행되는 동안 열심히 공격을 해 봤지만, 노리치 시티의 수비를 뚫지 못했다.

결국, 브렌던 로저스 감독은 선수교체를 선택했다.

—드디어 이민혁이 나옵니다!

최근 말도 안 되는 활약을 펼치고 있는 이민혁을 투입한 것이다.

하지만 팬들은 큰 기대가 없었다.

이민혁이 투입된 시간이 후반 86분이었으니까.

남은 시간이 너무 적었으니까.

그런데.

—고오오오오오올! 골입니다! 이민혁입니다!

이민혁이 들어온 지 3분 만에 동점골을 기록했다.

이후의 활약도 굉장했다.

날카로운 크로스를 한 번 올렸고, 노리치 시티의 골키퍼가 간신히 막아 냈을 정도로 위협적인 중거리 슈팅을 한 차례 때려 냈다.

다만, 골이 나오진 않았다.

시간이 부족했고, 이민혁의 날카로운 크로스를 대니얼 스터리지가 어이없는 슈팅으로 날려 버렸기 때문이었다.

　결국.

「리버풀, 노리치 시티와 1 대 1 성적 거두며 리그 연승 끊겨.」

「이민혁, 브렌던 로저스 감독이 틀렸다는 걸 골로 보여 줘. 노리치 시티전, 투입된 지 3분 만에 동점골 기록하며 팀을 구해 내!」

　리버풀과 리그 하위권 팀인 노리치 시티와의 경기는 무승부로 마무리됐다.

　이 일로 인해 리버풀의 팬들은 브렌던 로저스 감독을 강하게 비난했다.

　└브렌던 로저스가 리버풀을 망쳐 놨어. 역겨운 명장병에 걸려서 팀의 6연승을 막아 버렸다고. 팀의 기세도 당연히 떨어졌을 거고.

　└만약 브렌던 로저스가 내 눈에 띄지? 난 그 얼간이의 엉덩이를 걷어차 줄 거야.

　└아… 너무 화가 난다… 브렌던 로저스의 얼굴을 발로 차 버리고 싶어.

　└리버풀 선수들은 몇 명만 빼고 물갈이가 돼야 해. 경기력이 너무 쓰레기 같잖아.

　└이민혁은 86분에 투입한다고? 들어가자마자 3분 만에 골을 넣는 미친 선수를? 도대체 브렌던 로저스는 무슨 생각이었던 거냐?

ㄴ분데스리가에서도 철강왕으로 유명했던 이민혁을 왜 86분에 넣은 거냐고!

ㄴ리버풀의 수뇌부는 브렌던 로저스를 당장 경질해야 해. 이 멍청한 놈은 리버풀의 감독을 할 자격이 없어.

이런 상황에서 브렌던 로저스 감독은 인터뷰 자리에서 불난 집에 기름을 붓는 듯한 말을 뱉었다.

「브렌던 로저스, '내 판단력은 옳았다. 전술도 틀리지 않았다. 운이 좋지 않아서 경기가 무승부로 끝났을 뿐.'이라며 노리치 시티전에서의 전술은 문제없다고 주장. 이에 팬들은 분노.」

팬들의 분노는 굉장했다.

당장 답답한 브렌던 로저스를 경질해 버리라는 피켓을 들고 다니는 팬들도 많았다.

"우와……! 분위기가 살벌하네요?"

차를 타고 식당으로 향하던 중, 피켓을 든 무리를 보며 피터가 혀를 내둘렀다.

그 모습에 이민혁은 씁쓸한 미소를 지으며 답했다.

"최근 팬분들이 화가 많이 난 것 같더라고요."

스윽!

피터가 끼고 있던 선글라스를 머리 위로 올리며 질문했다.

"브렌던 로저스 감독님 때문이죠?"

"그런 것도 있고, 전체적인 경기력 문제이기도 하죠."

"요즘 팀 분위기는 괜찮나요? 아무래도 좋기가 힘들 것 같은데……."

"연승할 때에 비하면 안 좋아지긴 했죠. 근데 또 이기면 좋아지겠거니 생각하고 있어요."

"이민혁 선수 성격에 그런 거 별로 신경 안 쓰실 테니, 따로 걱정은 안 할게요."

"하하! 그래도 매니저이신데 걱정은 해 주시죠?"

"이민혁 선수가 너무 든든한 선수라서요. 그래도 원하시면 걱정해 드리죠."

"아뇨, 농담이었어요."

"크흐! 역시! 예상했어요! 자~! 5분 뒤에 훈련장 도착입니다!"

이민혁은 5분 뒤에 훈련장에 도착한다는 피터의 말에 창밖을 바라봤다.

'이런 적은 처음이라 어떻게 될지를 모르겠네.'

피터에겐 대수롭지 않게 말했지만, 최근 팀 분위기는 급격히 나빠지고 있었다.

특히, 브렌던 로저스 감독의 입지가 좁아졌다는 소문이 돌고 있다.

수뇌부에서 이미 다른 감독을 내정했다는 소문까지 돌 정도였다.

순간 이민혁의 눈에 걱정이 스쳤지만, 이내 사라져 버렸다.

피터의 말처럼 이민혁은 이런 일에 크게 신경을 쓰는 성격이 아니었다.

'뭐, 어떻게든 되겠지.'

이민혁의 표정은 덤덤했다.

어차피 자신이 할 수 있는 건 없다.

만약 브렌던 로저스 감독이 경질된다고 해도 크게 신경이 쓰일 것 같지도 않았다.

정이 조금 들긴 했지만, 그것도 큰 문제는 아니었다.

'정에 휘둘릴 거였으면 바이에른 뮌헨을 떠나지도 않았지.'

이민혁은 그저 할 일을 할 생각이었다.

어시스트를 하고 골을 넣는 것.

그게 이민혁의 일이었다.

*　　　　　*　　　　　*

리버풀은 분위기가 좋지 않은 상황 속에서 7라운드 경기를 치렀다.

아스톤 빌라와의 경기였다.

이 경기에서 리버풀은 승리를 거뒀다.

다만, 이번에도 팬들을 만족시키진 못했다.

「리버풀, 아스톤 빌라와의 경기에서 3 대 2 승리!」
「이민혁, 2골 1어시스트 기록하며 팀의 승리 이끌어!」
「리버풀, 계속된 수비 불안. 언제까지 이어질까?」

불안한 수비를 보여 주며 아스톤 빌라에게 2골을 허용하였다는 것.

그 사실에 리버풀의 팬들은 불만을 가졌다.

이어진 8라운드 경기는 리버풀 팬들에게 더욱 큰 불만을 안겨 줬다.

「리버풀, 에버튼과의 경기에서 3 대 3 무승부 기록해. 팀의 에이스 이민혁은 1골 1어시스트 기록!」

「리버풀의 팬들은 여전히 최고의 활약 펼치는 이민혁 덕에 웃고, 여전히 불안한 수비 때문에 분노했다.」

에버튼전은 이민혁의 활약이 아니었다면 패배했을 경기였다.

그만큼 전체적인 경기력에서 밀렸다.

리버풀은 에버튼의 공격에 크게 흔들렸다.

시몽 미뇰레 골키퍼의 선방 쇼가 아니었다면 최소한 2골은 더 허용했을 정도로 수비가 불안했다.

└리버풀이 어쩌다 이렇게 됐냐? 이민혁이라는 최고의 선수를 데려오면 뭐 해? 수비가 쓰레기 수준이라 매번 말도 안 되는 골을 먹히는데!

└브렌던 로저스는 일류 선수들이 모인 팀을 쓰레기장으로 만드는 감독이야. 리버풀이 이번 시즌에 위로 올라가려면 당장 이 감독을 경질시켜야 해. 그렇지 않으면 지난 시즌과 같은 악몽을 꾸게 될 거야.

└이민혁에게 너무 미안할 정도야. 그냥 바이에른 뮌헨에 있었으면 편하게 축구 했을 텐데, 리버풀에 와서 엄청 고생하네.

└이민혁의 플레이를 볼 때는 속이 시원한데, 수비수들이 하는 꼴을 보면 소화가 안 돼.

└브렌던 로저스는 대체 어떤 축구를 보여 주려는 거냐? 리버풀을 더 약하게 만들고 있잖아?

이처럼 리버풀 팬들의 불만이 축구 커뮤니티를 가득 메우고 있는 지금.

충격적인 소식이 발표됐다.

「리버풀, 브렌던 로저스 감독 경질! 새로 선임된 감독은 위르겐 클롭!」

브렌던 로저스 감독이 리버풀에서 경질됐고, 도르트문트를 이끌던 위르겐 클롭 감독이 새로운 감독으로 부임했다는 소식이었다.

이 사실은 갑작스럽게 발표된 것이었다.

심지어 구단 내에서도 비밀스럽게 진행되던 일이었다.

그래서일까?

지금 이 순간 리버풀 선수들조차 어안이 벙벙한 얼굴로 새로운 감독을 바라봤다.

반면, 위르겐 클롭 감독의 행동은 굉장히 자연스러웠다.

그는 호탕한 웃음과 함께 선수들을 향해 양팔을 벌리며 다가왔다.

"크핫핫핫! 안녕하신가? 나는 앞으로 자네들과 함께할 위르겐 클럽이야. 갑작스럽게 감독이 바뀌어서 당황스럽겠지만, 그래도 이왕 이렇게 된 거 잘들 지내 보자고!"

*   *   *

위르겐 클롭 감독은 쾌활한 사람처럼 보였다.

다른 사람은 어떻게 생각할지 모르겠지만, 이민혁은 그렇게 느꼈다.

'그래, 이런 성격이셨지.'

사실 이민혁은 위르겐 클롭을 처음 보는 게 아니었다.

과거, 바이에른 뮌헨 시절에 만난 적이 있다.

그때의 위르겐 클롭은 상대 팀의 감독이었다.

정확히는 도르트문트의 감독이었던 그와 이민혁은 몇 번 인사를 나눴었다.

전부 경기가 끝난 뒤에 한 인사였다.

물론 그때의 위르겐 클롭의 행동은 지금보단 훨씬 어두웠다.

그럴 수밖에 없었다.

'…경기에서 졌으니까.'

위르겐 클롭이 이끄는 도르트문트는 이민혁이 선발로 출전한 바이에른 뮌헨에게 매번 패배했었다.

그래서인지 경기가 끝난 뒤에 본 위르겐 클롭은 유쾌하긴 했지만, 불만이 드러나는 표정을 하고 있었다.

그런데.

지금의 위르겐 클롭 감독은 매우 신이 나 보였다.

선수들에게 인사를 건넨 그는 이번엔 확신에 찬 목소리로 말했다.

"크핫핫핫! 나는 우승을 하기 위해서 이곳에 왔다네. 물론 당장 이번 시즌에 우승하겠다는 건 아니야. 그건 오만이지. 냉정하게 말해서 지금의 리버풀은 우승하긴 힘들어. 하지만 여러분이 나를 믿고 이번 시즌 내내 잘 따라와 준다면, 다음 시즌의 우승팀은 리버풀이 될 거라고 약속하지."

대단한 자신감이었다.

덥수룩한 수염과 안경으로 가려진 얼굴이었지만, 위르겐 클롭의 강렬한 눈빛은 모든 걸 뚫고 나왔다.

'그나저나 브렌던 로저스 감독님은 이렇게 떠나신 건가?'

이민혁은 관자놀이를 긁적이며 브렌던 로저스 감독을 떠올렸다.

가까운 곳에 있던 관계자에게 물어보니, 브렌던 로저스 감독은 경질당한 것에 화가 많이 나서 짐을 챙기고 있다고 했다.

그 소식에 이민혁은 조금 씁쓸했지만, 별로 놀라진 않았다.

이런 일이 일어날 수도 있겠다는 생각을 했었으니까.

그만큼 리버풀의 최근 분위기는 좋지 않았다.

또한, 마지막 인사도 하지 않고 떠나려는 브렌던 로저스 감독의 마음도 이해가 됐다.

'자존심이 많이 상하셨겠지.'

브렌던 로저스가 어떤 사람이던가.

영국에서 나름 이름을 날리던 감독이지 않은가.

팀의 경기력이 좋지 못하다는 이유로 이렇게 경질을 당하기엔, 그의 자존심이 허락하지 않았을 것이다.

'잘 되셨으면 좋겠네.'

브렌던 로저스 감독의 미래를 응원하며, 이민혁은 현재에 집중했다.

어느새 가까이 다가온 위르겐 클롭 감독은 리버풀 1군 선수들과 악수를 나누고 있었다.

이민혁의 차례는 금방 다가왔다.

"민혁. 이렇게 부르면 되나?"

"편하신 대로요. '민혁'이든, '리'든 상관없어요."

"알겠네. 앞으로 잘 부탁하네."

"저도 잘 부탁합니다."

형식적인 대화가 오갔고, 이제는 대화가 끝나려고 했다.

그런데 이때.

위르겐 클롭 감독이 짓궂은 미소를 지으며 말했다.

"민혁, 자네와 드디어 한 팀으로 만나게 됐군."

"……?"

"내가 도르트문트의 감독으로 있던 시절, 자네를 볼 때마다 얼마나 머리가 아팠는지 아나? 자네를 막으려고 특별한 전술을 준비하면 자네는 그걸 파훼하고, 또 다른 전술을 준비하면 아예 통하지 않았지. 자네는 이미 훨씬 더 성장한 상태였으니까. 자네의 성장은… 불가사의할 정도로 빨랐어. 나중엔 도대체 어떻게 막아야 할지 답이 나오질 않더군."

"…그러셨군요."

"하지만! 이젠 머리 아플 일이 아주 적어졌어. 자네와 한 팀이 됐으니까. 크핫핫핫!"

그렇게 말하며, 위르겐 클롭 감독은 꽉 잡았던 이민혁의 손을 놔줬다.

이내 다른 선수들을 향해 악수를 청하는 위르겐 클롭 감독을 보며, 이민혁은 작게 중얼거렸다.

"…쌓인 게 많으셨나 보네."

*　　　*　　　*

위르겐 클롭은 호탕한 웃음을 자주 보여 주는 남자였지만, 특유의 카리스마가 있는 감독이었다.

강압적이진 않지만, 주관이 확실하고, 평소엔 재밌고 친절하지만, 훈련 때 실수가 나오면 불같은 모습을 보였다.

'대단한 분이네.'

이민혁은 혀를 내둘렀다.

최근 위르겐 클롭 감독은 선수단을 빠르게 장악해 나가고 있었다.

자존심 강한 리버풀의 선수들의 마음을 이토록 빠르게 얻고 있는 건 놀라운 일이었다.

'괜히 도르트문트를 분데스리가 최고 수준으로 올려놓은 게 아니었어.'

펩 과르디올라 감독과는 다른 스타일이었지만, 세계 최고의 감독인 그에게 전혀 밀리지 않는다는 느낌이 들 정도로 대단했다.

실제로 위르겐 클롭 감독은 최고 수준의 선수들이 거의 없는 도르트문트를 분데스리가 2위에 박아 놨을 정도로 명장이었다.

"개인은 팀을 이길 수 없다. 그래서 나는 최고의 선수보단 최고의 팀을 만들고 싶다. 그러기 위해서라면 체력이 필요하다. 웬만한 체력으론 안 된다. 남들보다 더 많이 뛰고, 더 늦게 지치는, 매우 강한 체력이 필요하다."

위르겐 클롭 감독은 체력을 중요시했다.

매번 선수들에게 체력이 강해야 한다고 강조했고, 심지어 훈련 프로그램에 강도 높은 체력 훈련을 꼭 포함하기까지 했다.

브렌던 로저스 감독 체제에선 겪지 못했던 강도 높은 훈련이었고.

그 훈련을 진행하는 리버풀 선수들은 굉장히 힘들어했다.

"우와… 이러다가 진짜 죽겠는데? 도르트문트 애들은 다 이렇게 훈련했던 건가? 왠지 걔들 경기 보면 엄청 뛰더라."

"난 아까부터 다리가 풀렸어. 심장은 이미 터진 것 같고. 다들 힘내. 난 틀렸어. 난 이제 훈련보단 병원을 가 봐야 할 것 같거든."

"위르겐 클롭 감독님의 훈련은 미쳤어……! 현역 선수가 힘들어서 토를 하는 게 말이 돼?"

"확실히 체력이 좋아지는 것 같기는 한데… 너무 힘들다."

"그래도 이렇게 하다 보면 우리 팀이 더 강해질 것 같기는 해. 힘들어도 다들 미래를 생각하면서 버텨 보자."

이처럼 위르겐 클롭 감독의 스타일에 만족하는 선수들도 있지만, 힘든 훈련에 적응하지 못하며 불만을 드러내는 선수도 있었다.

반면, 팬들은 위르겐 클롭이 리버풀의 감독이 된 것을 좋아했
다.

ㄴ브렌던 로저스보다는 위르겐 클롭이 훨씬 낫지! 클롭은 적어
도 분데스리가에서 꾸준히 성적을 냈던 감독이잖아? 클롭 정도면
리버풀의 감독에 어울리는 사람이지.

ㄴ최근 위르겐 클롭이 리버풀 선수들을 엄청 굴리고 있다더라.
좋은 소식이지. 드디어 제대로 된 감독이 온 것 같아.

ㄴ클롭은 진작 왔었어야 해. 위르겐 클롭을 모르는 사람들은
도르트문트의 경기 영상을 보면 위르겐 클롭이 얼마나 대단한 감
독인지 알 수 있어. 비록 바이에른 뮌헨만 만나면 졌지만, 그건 사
실상 이민혁 때문이라고 해도 과언이 아니야. 이민혁이 도르트문
트를 만날 때마다 미쳐 날뛰었거든. 그런데 이제 이민혁이랑 위르
겐 클롭이 만났잖아? 리버풀은 정말 강해질 거야.

ㄴ브렌던 로저스는 선수들이랑 인사도 안 하고 떠났다더라. 감
독 일도 못하더니 인성도 별로인 모양이야.

ㄴ위르겐 클롭 감독이라… 벌써 기대되네.

ㄴ이민혁은 브렌던 로저스의 쓰레기 같은 전술 속에서도 잘했
는데, 위르겐 클롭 같은 명장이랑 만났으니, 더 굉장하겠지.

ㄴ펩 과르디올라와 함께했던 경기들을 봐. 이민혁은 지금보다
더 무시무시했어. 괜히 분데스리가에서 황제라고 불렸던 선수가
아니야.

하지만.

팬들의 기대와는 다르게 위르겐 클롭 감독은 데뷔전에서 성적을 내지 못했다.

「리버풀, 토트넘과의 9라운드 경기에서 2 대 2 무승부 거둬. 위르겐 클롭도 리버풀을 바꾸진 못하나?」

「이민혁, 팀의 부진에도 2골 기록하며 여전히 압도적인 클래스 선보여. 하지만 팀은 수비가 무너지며 무승부 거둬.」

「위르겐 클롭 감독, '우리는 나아지고 있다'라며 무승부 결과에도 만족감 드러내.」

그런데, 팬들은 위르겐 클롭을 비난하지 않았다.

리버풀의 감독직에 오른 지 이제 겨우 열흘 정도밖에 안 됐으니까.

짧은 기간 동안 팀을 훈련시킨 감독을 비난하는 게 오히려 이상한 일이었으니까.

문제는 다음 경기였다.

「리버풀, 답답한 경기력 보이며 사우샘프턴과 1 대 1 무승부.」

「위르겐 클롭 감독, '조금 기다려 줬으면 좋겠다. 변화는 바로 일어나는 게 아니라 서서히 진행되는 것이다. 선수들에겐 새로운 전술에 적응할 시간이 필요하다.'라며 팀에 문제가 없다고 밝혀.」

「감독 바꿔도 제자리인 리버풀, 이대로 괜찮을까?」

EPL 10라운드에서 리버풀은 사우샘프턴을 제압하지 못했다.

사우샘프턴이 약팀은 아니지만, 리버풀보다 객관적인 전력이 떨어지는 팀은 맞았다.

이 경기에서 무승부를 거둔 건 리버풀로선 자존심이 상하는 일이었다.

패배의 원인은 간단했다.

리버풀의 경기력이 너무 나빴다.

이민혁은 고군분투하며 여전히 좋은 실력을 보여 줬지만.

다른 선수들의 패스 실수가 잦았고, 수비진에서의 실수도 자주 나왔다.

시즌 중에 바뀐 전술에 적응하지 못했기 때문이었다.

완성되지 않은 리버풀이 완성되어 있는 사우샘프턴을 꺾지 못한 건 어찌 보면 당연한 일이었다.

이에 리버풀의 팬들은 조금씩 불만을 드러내기 시작했다.

데뷔전에서의 경기력이 좋지 못한 건 이해했지만, 별다른 변화가 없는 사우샘프턴전을 보니 화가 난 것이다.

ㄴ뭐지? 위르겐 클롭 감독, 명장이라고 하지 않나? 리버풀의 경기력이 너무 별로인데? 차라리 브렌던 로저스 때가 더 나았어.

ㄴ브렌던 로저스가 더 나은 건 아닌 것 같고, 비슷한 수준인 것 같네. 위르겐 클롭이 도대체 뭘 하고 싶은지 모르겠어. 선수들이 아무 의미 없이 많이 뛰기만 하니까 후반 되면 다 퍼져 버리잖아?

ㄴ체력 낭비가 너무 심한데? 이거 위르겐 클롭 감독이 도르트문트에서 쓰던 전술 맞지?

ㄴ아직 감독 자리에 앉은 지 얼마 안 돼서 더 기다려 주는 게 맞기는 한 데… 그래도 슬슬 뭔가를 보여 줬어야 해. 특히나 상대는 별로 강하지도 않은 사우샘프턴이었잖아?

ㄴ이민혁이 불쌍하게 느껴지더라. 이민혁 말고는 다들 바보같이 뛰어다니기만 하더라.

ㄴ선수들과 전술이 안 맞아.

이처럼 리버풀의 팬들은 커뮤니티를 통해서 위르겐 클롭과 리버풀 선수들을 향한 실망감을 드러냈다.

이런 상황에서 시간은 빠르게 흘렀다.

다음 경기가 치러질 시기도 빠르게 찾아왔다.

「리버풀, 첼시 만난다. 승자는 누구?」

「위르겐 클롭 감독이 이끄는 리버풀, 지난 시즌 우승팀 첼시를 꺾을 수 있을까?」

상대는 첼시였다.

*   *   *

위르겐 클롭 감독이 이끄는 리버풀.

그리고 조제 모리뉴 감독이 이끄는 첼시.

양 팀 모두 명장이 이끄는 곳인 만큼, 이 경기에 대한 팬들의 기대감은 컸다.

물론 더 기세가 좋은 팀은 첼시였다.

지난 시즌에 6위였던 리버풀과는 달리, 첼시는 지난 시즌 우승팀이었으니까.

─양 팀 선수들이 경기장에 입장하고 있습니다!

이민혁은 첼시 선수들과 인사를 나눈 뒤, 자신의 자리를 찾아 뛰었다. 가볍게 뛰며 잔디의 느낌을 다시 한번 느꼈다.

'이곳이 스탬퍼드 브리지구나.'

첼시 FC의 홈구장 스탬퍼드 브리지.

이곳의 잔디를 느끼며, 이민혁은 관중석을 훑었다.

푸른색이 많은 관중석. 첼시의 홈구장답게 엄청난 수의 첼시 팬들의 모습이 보였다.

하지만 조금 시선을 옮기자 붉은색 옷을 입은 사람들의 모습도 보였다.

리버풀의 팬들이었다.

그들을 보며, 이민혁은 다짐했다.

'오늘은 실망스럽지 않은 경기를 보여 드릴게요.'

자신들을 보기 위해 이곳을 찾아 준 팬들의 앞에서 좋은 경기력을 보여 주겠다고.

삐이이이익!

첼시의 선공이었다.

디에고 코스타가 오스카에게 공을 연결했다.

최전방에 있던 리버풀 선수들은 기다렸다는 듯 빠르게 전진했다.

오른쪽 윙어로 출전한 이민혁 역시 속도를 높여 전진하며 상대를 압박했다.

그리고.

첼시는 그들이 생각했던 것보다 이른 시간에 공을 빼앗겼다.

─이민혁입니다! 이민혁이 존 오비 미켈의 공을 뺏어 냈습니다!

*   *   *

위르겐 클롭 감독.

리버풀의 감독으로 부임한 이후, 2경기 연속 무승부를 거뒀지만.

그의 얼굴엔 여전히 미소가 맴돌았다.

특유의 웃음소리와 자신감도 여전했다.

"크핫핫핫! 많이 좋아졌어! 주변에서 우리를 물어뜯으려고 한다는 건 알고 있다. 하지만 신경 쓰지 마라! 우리는 분명히 좋게 변화하고 있다."

리버풀 선수들은 위르겐 클롭 감독의 능력보다도 성격에 끌렸다.

재밌으면서 카리스마 있는 위르겐 클롭 감독은 선수단의 분위기를 휘어잡는 것에 성공했다.

선수들도 감독의 전술에 조금은 적응을 한 모습을 보였다.

시간이 부족했지만, 애초에 이들은 리버풀에서 뛸 정도로 뛰어난 재능을 지닌 선수들이었다.

리버풀 선수단은 위르겐 클롭 감독과 코치진의 열정적인 지도를 빠르게 따라갔다.

그런 상황에서 리버풀은 첼시를 만났다.

팀이 안정되지 않은 상태에서 만나기엔 너무 강팀이었다.

그렇지만, 위르겐 클롭 감독은 특유의 자신감 넘치는 얼굴로 선수들을 향해 소리쳤다.

"크핫핫핫! 쫄지 마라! 절대 쫄지 마! 쪼는 놈은 앞으로 절대 선발로 못 나갈 줄 알아라! 무조건 이긴다는 생각으로 싸워라. 너희들이 해 온 훈련들이 헛된 게 아니라는 걸 증명하고. 너희가 얼마나 높은 곳을 바라보고 있는지 보여 주고 와라!"

라커 룸에 쩌렁쩌렁 울리는 커다란 목소리.

살벌한 내용을 담은 위르겐 클롭 감독의 말에 리버풀 선수들은 강렬한 눈빛을 드러내며 '알겠습니다'라고 대답했다.

이민혁 역시 목에 핏대를 세워 가며 대답했다.

동시에 생각했다.

'크……! 대단하시네. 말로 선수들의 분위기를 바꿔 놨어.'

위르겐 클롭은 가까운 미래에 지금 받는 평가보다도 더 대단한 평가를 받게 될 것이라고.

아마… 세계 최고의 감독 중 하나가 될 거라고.

─경기 시작합니다!

힘든 훈련을 해 온 리버풀 선수들은 전보다 체력이 좋아져 있었다.

당연히 체력에 자신감이 붙은 상태였고, 초반부터 공을 소유한 첼시를 향해 빠르게 전진했다.

피르미누, 이민혁, 필리페 쿠티뉴, 제임스 밀너, 엠레 찬이 전방으로 쭈욱 나가며 펼치는 압박이었고.

이런 리버풀의 압박은 성공적이었다.

촤아아아악!

이민혁은 슬라이딩태클로 첼시의 미드필더 존 오비 미켈의 공을 뺏어 내며 동료들을 향해 소리쳤다.

"다 전진해!"

그 말과 동시에 전방압박을 펼치던 리버풀 선수들이 첼시의 수비 뒷공간을 향해 뛰기 시작했다.

파앗!

이민혁은 손바닥으로 땅을 강하게 짚으며 몸을 일으켰다. 이어서 다리를 휘둘렀다.

그의 시선이 향한 곳은 왼쪽으로 뛰어들어 가는 필리페 쿠티뉴였다.

휘두른 다리도 오른발이었다.

당연하게도 첼시 수비수들의 시선은 필리페 쿠티뉴에게 몰렸다.

그런데 이때.

퍼어엉!

이민혁이 차 낸 공이 오른쪽으로 뛰어들어가는 호베르투 피르미누에게로 날아갔다.

첼시의 수비수들은 반응하지 못했다.

이민혁의 두 가지 속임수에 완벽하게 속아 버렸기 때문이었다.

─호베르투 피르미누! 공을 받습니다! 완벽한 기회! 앞이 텅 비었습니다!

호베르투 피르미누가 좋은 트래핑 실력으로 공을 받았다.

그의 앞엔 골키퍼와 골대가 보였다.

피르미누는 그동안 결정력이 좋지 않은 모습을 보여 왔지만, 지금과 같이 골키퍼와의 일대일 상황에서 골을 못 넣는 공격수는 아니었다.

그는 자신감 있게 슈팅을 때렸다.

─고오오오오오올! 호베르투 피르미누! 피르미누가 선제골을 기록합니다!

호베르투 피르미누의 선제골.

아주 이른 시간에 골을 터뜨린 피르미누는 팬들의 함성을 들으며 세리머니를 펼쳤다.

팬들의 함성이 쏟아졌다.

그런데.

호베르투 피르미누에게 향하는 함성보다, 이민혁을 향한 함성이 훨씬 더 많았다.

해설도 이민혁의 활약에 더 집중했다.

―이민혁이 엄청난 페인팅을 썼습니다! 왼쪽에서 달리는 필리페 쿠티뉴 선수에게 줄 것처럼 시선을 주고 오른발로 패스를 했는데, 알고 보니 피르미누를 노린 패스였습니다! 와~! 여기서 아웃프런트로 패스를 하네요!

이민혁의 움직임은 보는 사람들에게 충격을 줬다.

아이페이크와 연계 동작으로 나온 아웃프런트 패스.

그런 상황에서도 정확하게 뻗어 나갔을 정도로 높은 패스 정확도.

패스 실력이 매우 뛰어난 선수들이 보여 주는 기술을 이민혁은 아무렇지 않게 해냈고.

지금은 눈앞의 메시지를 바라보고 있었다.

[퀘스트를 완료하셨습니다!]
[퀘스트 내용: 전반전 3분 안에 공격포인트를 기록하세요.]
[보상으로 경험치가 20% 증가합니다.]

[퀘스트를 완료하셨습니다!]
[퀘스트 내용: 첼시를 상대로 공격포인트를 기록하세요.]
[보상으로 경험치가 대폭 증가합니다.]

"역시 첼시는 경험치를 많이 주네."

이민혁은 씨익 웃으며 메시지를 치워 버렸다.

이후, 첼시가 신중하게 패스를 이어 받으며 기회를 노렸다.

리버풀은 그런 첼시를 강하게 압박했다.

─리버풀의 압박이 거센데요? 첼시 선수들이 당황하고 있습니다. 지금 보이는 상황이 위르겐 클롭 감독이 부임한 이후에 눈에 띄게 바뀐 것이지 않습니까?

─그렇습니다. 브렌던 로저스 감독이 이끌던 리버풀은 원래 이렇게까지 강한 압박을 하는 팀이 아니었죠. 아무래도 체력에 문제가 생길 수 있으니까요.

─경기 초반인 지금까진 위르겐 클롭 감독의 전술이 첼시를 효과적으로 괴롭히고 있네요!

첼시의 스쿼드는 강했지만, 공격을 쉽게 풀어 나가지 못했다.

리버풀의 대비가 그만큼 좋았다. 위르겐 클롭 감독은 커다란 목소리로 선수들에게 지시를 내렸고, 선수들은 많이 뛰며 감독의 지시를 이행했다.

─디에고 코스타가 짜증스럽게 이민혁의 팔을 뿌리쳐 내네요! 하지만, 이민혁! 디에고 코스타를 놔주지 않습니다! 디에고 코스타, 윌리안에게 패스합니다.

첼시의 공격은 제대로 진행이 되질 않았다.

리버풀의 압박에 답답함을 느끼고 있는 상황.

그때였다.

─윌리안, 아자르에게 공을 넘깁니다!

첼시의 에이스 에덴 아자르가 공을 잡았다.

세계 최고 수준의 드리블 실력을 지닌 그는 공을 잡자 기다렸다는 듯 리버풀의 수비진을 휘저었다.

전방압박과 중원에서의 압박은 강해졌지만, 리버풀의 수비는 아직도 불안한 모습을 드러냈다.

하지만 상대가 에덴 아자르였기 때문이기도 했다.

유려한 드리블로 리버풀 수비진을 휘저은 에덴 아자르는 옆에서 달려오는 하미레스에게 공을 툭 밀어 줬다.

─하미레스! 때립니다! 고오오오오올! 하미레스가 동점골을 터뜨립니다!

─이야~! 이건 에덴 아자르가 잘했네요! 하미레스에게 거의 다 만들어 준 골입니다! 물론 하미레스의 마무리도 아주 좋았고요!

동점이 되자, 뜨거웠던 리버풀 팬들의 분위기가 가라앉았다.

하지만 리버풀 팬들의 분위기는 금방 뜨겁게 달궈졌다.

이민혁 때문이었다.

—이민혁이 존 오비 미켈을 가볍게 제쳐 냅니다! 존 오비 미켈, 이민혁의 옷을 잡습니다! 아~! 이민혁이 넘어지네요!

—심판이 반칙을 선언합니다! 프리킥입니다! 하미레스에겐 옐로카드가 지급되네요.

화려한 드리블로 존 오비 미켈을 제쳐 내며, 프리킥까지 얻어 낸 이민혁.

그는 지금 프리킥을 직접 찰 준비를 하고 있었다.

팬들은 그런 이민혁을 향해 함성을 질렀다.

"와하하하! 이민혁의 프리킥은 믿고 보는 거지!"

"첼시 놈들 엄청 쫄리겠네."

"이민혁의 프리킥은 세계 최고야. 난 쟤보다 프리킥을 잘 차는 선수를 본 적이 없어."

"전성기 주니뉴나 데이비드 베컴이 와도 이민혁보다 프리킥을 잘 차진 못할걸? 이민혁의 프리킥은 정말 말도 안 되는 수준이야."

"이민혁의 프리킥은 아무리 못차도 골대 안으로는 향하잖아? 기대할 수밖에 없어."

팬들의 기대감이 대단히 높아진 상황에서.

이민혁은 전혀 긴장감 없는 얼굴로 공을 바라봤다.

'거리는 이 정도면 가까워. 25m 정도 되겠네. 위치도 많이 연습했던 곳이고.'

프리킥을 얻은 위치, 몸에 넘치는 힘, 발끝의 감각.

모든 것이 마음에 들었다.

불편한 게 아무것도 없었다.

와아아아아!

집중력이 높아진 상황이었지만, 주변에서 들리는 함성이 안 들리진 않았다.

다만, 그 함성들이 매우 작게 들렸다.

분명 고막을 흔들 정도로 커다란 함성이었음에도, 지금의 이민혁에겐 작게 느껴졌다.

그만큼 이민혁은 집중하고 있었다.

'전 준비 끝났습니다. 어서 휘슬을 부시죠.'

이민혁은 주심의 휘슬을 기다렸다.

그리고 지금.

삐이이익!

기다렸던 소리가 귓속을 파고들었다.

후읍! 후우!

이민혁이 숨을 들이마신 뒤, 다시 내뱉었다.

이어서 숨을 참고, 공을 향해 움직였다.

모든 준비가 끝난 상황에서 시도한 슈팅이 공을 강하게 때려냈다.

퍼어엉!

왼발로 감아 찬 공이 골대의 오른쪽 구석으로 날아갔다. 부메

랑처럼 휘어져 들어가는 공. 첼시의 골키퍼 아스미르 베고비치가 몸을 날렸다.

키가 2m에 가까운 아스미르 베고비치가 몸을 날리자, 그의 손이 당장에라도 공을 걷어 낼 것처럼 보였다.

그러나.

쉬이이익!

제아무리 팔이 긴 아스미르 베고비치였어도, 완벽히 구석에 파고드는 공을 쳐 낼 순 없었다.

더구나 공의 속도가 너무 빨랐다.

아스미르 베고비치가 팔을 뻗었을 때, 공은 이미 골 망을 흔들고 있었다.

철렁!

—우오오오오오! 이민혁입니다! 이민혁이 프리킥을 성공시킵니다! 엄청난 슈팅이네요! 스코어는 이제 2 대 1이 됩니다!

—대단합니다! 이민혁 선수가 프리킥을 차면 다섯 번 중 두 번에서 세 번은 넣어 주는 것 같네요! 정말 경악스러운 프리킥 능력입니다!

—이 정도면 이민혁 선수의 프리킥은 상대 팀에겐 페널티킥처럼 느껴지지 않을까요?

이곳은 첼시의 홈구장이었지만, 리버풀 팬들의 함성으로 가득했다.

팬들의 함성이 끊이지 않았다.

이민혁이 프리킥을 성공시킨지 불과 5분도 지나지 않아서 또다시 좋은 기회를 만들어 냈기 때문이었다.

—이민혁입니다! 이민혁이 측면을 파고듭니다! 풀백 하나로는 이민혁을 막을 수가 없죠! 리그 정상급 풀백인 아스필리쿠에타지만, 이민혁에게 너무나도 쉽게 돌파를 허용하고 맙니다!

측면을 뚫어 낸 이민혁이 몸을 틀어 페널티박스 안으로 파고들려고 하자, 그 앞을 존 테리가 막아섰다.

첼시의 레전드 수비수 존 테리.

그가 앞을 막았지만, 이민혁은 전혀 위축되지 않았다.

휘익! 툭!

이민혁이 오른쪽으로 헛다리를 한 번 짚은 뒤, 왼쪽으로 빠르게 움직였다.

양발을 모두 완벽하게 사용하는 이민혁이기에, 분데스리가 수비수들과 EPL 수비수들은 이 패턴의 돌파를 잘 막아 내지 못했다.

그런데 존 테리는 달랐다.

빠른 반응을 보이며 이민혁이 파고들려는 공간을 막아섰다. 어깨를 먼저 넣으며 이민혁이 들어오지 못하게 만든 것이다.

존 테리의 움직임은 교과서와 같았다.

틀어진 몸의 각도, 시선, 자세가 전부 훌륭했다. 공격을 하는 입장에선 숨이 턱 막힐 정도로 완벽한 수비였다.

'역시 한때 세계 최고의 수비수였던 선수답네.'

이민혁은 존 테리의 수비 실력에 감탄하며, 왼쪽으로 공을 한

번 더 쳤다.

이때, 존 테리는 더욱 가까이 붙으며 몸싸움을 걸어왔다.

이민혁은 존 테리와의 몸싸움을 피하지 않았다.

퍼어억!

두 선수가 강하게 부딪쳤고.

"으억?!"

존 테리가 고통이 담긴 신음을 뱉어 냈다.

얼굴이 잔뜩 일그러진 그는 어떻게든 이민혁을 막기 위해 발을 뻗어 봤지만.

이민혁은 이미 그와 멀어져 있었다.

─이민혁이 존 테리마저 제쳐 냅니다!

아스미르 베고비치 골키퍼가 지키는 첼시의 골대.

그곳을 향해 이민혁은 강한 슈팅을 때려 냈다.

─들어갔습니다아아아! 이민혁이 두 번째 골을 터뜨리며, 스코어를 3 대 1로 만듭니다!

─첼시의 수비진도 이민혁을 막아 내지 못하네요! 이민혁이 프리미어리그 전 시즌 우승팀을 무너뜨리고 있습니다!

Chapter. 4

첼시의 홈구장 스탬퍼드 브리지.

이곳의 분위기가 뜨겁게 달궈졌다.

화려하고 강인한 드리블로 첼시의 수비진을 흔들고, 직접 골까지 집어넣은 이민혁 때문이었다.

"이민혁이 또 해냈어! 존 테리를 발라 버리고 골을 넣어 버렸다고!"

"역시 이민혁이야! 얜 정말 미쳤다니까?! "

"큭큭! 이민혁이 아스필리쿠에타랑 존 테리를 완전히 바보로 만들었어!"

"세상에! 어떻게 축구를 저렇게 잘할 수가 있지?"

"하하하! 저런 이민혁을 막아야 한다고? 첼시 녀석들은 앞이 깜깜하겠군."

"봐도 봐도 놀랍군! 이민혁의 드리블은 이니에스타보다도 더 뛰어난 것 같아!"

"이민혁의 드리블을 보면 이니에스타랑 리오넬 메시, 호나우지뉴, 크리스티아누 호날두, 에덴 아자르를 전부 다 섞어 놓은 것 같아. 그만큼 압도적인 드리블 능력이야!"

"…어떻게 저렇게 잘할 수가 있지?"

리버풀 팬들은 이민혁의 실력을 보며 경악하고 있었다.

잘하는 건 알고 있었다. 시즌이 진행 중이었고, 리버풀의 팬들은 이민혁의 분데스리가 시절 영상들도 찾아봤으니까.

다만, 팬들은 이민혁이 전 시즌 프리미어리그 우승자인 첼시를 상대로도 이렇게 잘할 줄은 몰랐던 것이었다.

─리버풀 팬들이 열광하고 있습니다! 이민혁이 EPL의 챔피언을 상대로도 놀라운 실력을 보여 주고 있습니다!

같은 시각, 한국 팬들의 반응도 뜨거웠다.

이민혁을 의심했던 한국 축구 팬들마저도 지금만큼은 실력을 인정한다는 반응을 보였다.

ㄴㄷㄷㄷㄷ 이거 진짜 어떡하냐? 이러면 이민혁 경기 다 챙겨 봐야 하잖아? 어떻게 나올 때마다 잘하지? 이민혁은 기복이란 게 없나?

ㄴ우와;;;;;;;; 당황스럽다 진짜ㅋㅋㅋㅋ 그동안 국뽕러들 때문에 이민혁 안 좋게 봤는데, 이건 뭐 국뽕 다 빼고도 이민혁은 신계

에 오른 선수라고 해야 할 것 같네. 헤딩 빼곤 모든 걸 잘하잖아?

ㄴ요즘 이민혁보다 더 잘하는 선수를 떠올려 보려고 해도, 아무도 생각이 안 나.

ㄴ솔직히 최근 이민혁 포스는 리오넬 메시 이상이지. 이건 인정할 수밖에 없다.

ㄴ 행복하다ㅠㅠ 이민혁을 알게 된 이후로 축구 볼 맛이 나.

ㄴ요즘 리버풀 팬들 사이에서 이민혁 티셔츠 오지게 팔린다더라ㅋㅋㅋ

ㄴ이민혁 티셔츠는 나도 사야겠다. 이런 경기력을 보고 어떻게 안 살 수가 있겠어?

ㄴ실제로 요즘 리버풀에서 제일 인기 많은 선수가 이민혁이라던데.

ㄴ와;;;; 프리킥도 지렸는데 방금 골로 한 번 더 지리게 만드네. 존 테리 개 발라 버리는 거 실화야?

ㄴ이건 진짜ㅋㅋㅋㅋㅋㅋ 한국에 이런 선수가 어떻게 나오는 거지?;;;;; 이민혁 플레이 보다 보면 EPL 선수들이 걍 ㅈ밥처럼 보여ㅋㅋㅋㅋㅋ

ㄴ아니ㅋㅋㅋㅋ 프리미어리그가 세계 최고의 리그라며?ㅋㅋㅋㅋㅋ 이거 어떻게 된 거냐? 이민혁이 걍 발라 버리는데?

이처럼 팬들의 마음을 휘어잡은 이민혁은 허공을 바라봤다.

그곳엔 기분 좋은 내용을 담은 메시지가 떠 있었다.

[퀘스트를 완료하셨습니다!]

[퀘스트 내용: 첼시와의 경기에서 수비수 2명을 제치고 골을 기록하세요.]

[보상으로 경험치가 20% 증가합니다.]

[퀘스트를 완료하셨습니다!]

[퀘스트 내용: 첼시와의 경기에서 2개의 골을 기록하세요.]

[보상으로 경험치가 20% 증가합니다.]

[퀘스트를 완료하셨습니다!]

[퀘스트 내용: 첼시와의 경기에서 3개의 공격포인트를 기록하세요.]

[보상으로 경험치가 20% 증가합니다.]

[레벨이 올랐습니다!]

"드디어 레벨이 오르네."

프리킥을 성공시켰을 땐 레벨이 오르지 않았다.

하지만 이젠 레벨이 올랐고, 이민혁은 기다렸다는 듯 스탯 포인트를 사용했다.

[스탯 포인트 2를 사용하셨습니다.]

[헤딩 능력치가 2 상승합니다.]

[현재 헤딩 능력치는 75입니다.]

　　　　　*　　　　　　*　　　　　　*

　후반전이 되어서도.

　이민혁은 계속 날뛰었다.

　상대를 가리지 않았다. 좌우를 바꿔 가며 첼시의 수비진을 뚫어 냈다.

　―이민혁이 이번엔 왼쪽으로 파고듭니다! 이민혁의 드리블은 볼 때마다 감탄밖에 안 나오네요!

　―이민혁! 크로스! 피르미누! 아~! 이게 막히네요! 피르미누의 헤딩슛이 아스미르 베고비치 골키퍼에게 막힙니다!

　―아스미르 베고비치~! 슈퍼세이브입니다! 첼시를 구해 내네요!

　좌우를 가리지 않고 뚫어 내며 크로스를 뿌려 대는 이민혁의 움직임에 첼시는 위협을 느꼈다.

　그래서일까?

　조제 모리뉴 감독이 이끄는 첼시는 수비에 더욱 적극적으로 참여했다.

　정확히는 윙어들이 풀백의 수비를 돕기 시작했다.

　이런 움직임을 펼친 이후로, 이민혁은 더 신중하게 돌파를 시도하게 되었다.

　이민혁에게 돌파를 허용하지 않으려는 조제 모리뉴 감독의 의도가 어느 정도는 성공한 것이다.

　하지만.

윙어들이 수비에 너무 많이 참여하는 나머지, 첼시의 측면 공격은 눈에 띄게 약해졌다.

더구나 첼시가 3 대 1로 밀리는 상황이었다.

역습을 노리는 조제 모리뉴 감독의 전술이 빛나기 힘든 조건이었고, 자연스레 첼시 선수들의 마음은 급해졌다.

"침착해! 진형 유지하면서 전술대로 움직여!"

경기장 라인 바로 밖에서 소리를 질러 대는 조제 모리뉴 감독의 목소리가 들렸다.

하지만, 첼시 선수들은 평정심을 유지하지 못했다.

"더 빨리! 방금은 바로 줬으면 더 좋았잖아?!"

"나와! 나와서 받아 줘! 거기 박혀 있으면 아무것도 안 된다고!"

"좀 뛰어! 시간 없어!"

첼시는 조제 모리뉴 감독의 지시와는 다르게 급하게 공격을 전개했다.

사실 그럴 만도 했던 게, 현재 시각은 후반전 61분이었다.

스코어는 3 대 1이었기에 지고 있는 팀으로선 빨리 만회골을 넣어야 한다는 부담감이 생길 수밖에 없었다.

문제는 위르겐 클롭 감독이 이끄는 리버풀이 그런 첼시의 심리를 꿰뚫고 있다는 것.

―리버풀이 잔뜩 웅크린 채로 역습을 노리고 있습니다! 첼시는 알면서도 공격을 할 수밖에 없네요!

계속해서 급하게 공격 전개를 하던 첼시.

마음이 급했기에 정교한 공격보단, 단순한 패턴의 공격이 나왔다.

때문에, 리버풀의 역습 기회는 빠르게 찾아왔다.

─루카스 레이바가 첼시의 패스를 끊어 냅니다! 제임스 밀너에게 공을 연결합니다! 리버풀, 역습입니다!

─제임스 밀너! 공을 뺏기지 않습니다! 필리페 쿠티뉴에게 패스합니다!

필리페 쿠티뉴가 뛰었다.

공을 드리블하면서도 빠르게 전진했다.

중앙엔 피르미누가 뛰어 들어가고 있었고, 오른쪽엔 이민혁이 뛰어 들어갔다.

필리페 쿠티뉴는 직접 해결할 생각으로 계속해서 달려 나갔다.

하지만 첼시의 풀백 커트 주마의 방해가 시작됐다.

─커트 주마가 필리페 쿠티뉴의 전진을 효과적으로 방해합니다!

그 즉시, 필리페 쿠티뉴는 생각을 바꿨다.

휘익!

오른쪽으로 몸을 틀어 커트 주마의 압박에서 잠깐이나마 벗어났다. 이어서 오른발로 공을 감았다.

퍼엉!

필리페 쿠티뉴의 오른발 킥 능력은 EPL 내에서 명품이라고 평가받는다.

특히 공을 감아 차는 능력만큼은 세계 최고 수준이었다.

그 능력은 지금도 빛났다.

―필리페 쿠티뉴! 좋은 패스입니다!

그가 오른발로 감아 찬 공은 반대편에서 뛰어 들어가는 이민혁을 정확히 겨냥했다.

다만, 완벽한 패스는 아니었다.

공의 속도가 어지간한 선수는 받기 힘들 정도로 너무 빠르긴 했으니까.

하지만 리그 최고의 스피드를 가진 이민혁에겐 아무런 문제가 되지 않는 일이었다.

타앗!

이민혁은 빠르게 뛰어들면서 날아오는 공의 움직임을 주시했다.

이윽고 타이밍을 맞춰 왼발로 땅을 강하게 박찼다. 몸이 앞으로 쭈욱 나아갔다. 이때, 오른발을 뻗었다. 공이 날아오는 타이밍과 오른발을 뻗는 타이밍이 정확히 맞아떨어졌다.

여기서 이민혁은 발끝으로 공의 방향을 살짝 틀어 냈다.

골키퍼가 더욱 막기 힘들게끔.

철렁!

골 망이 흔들렸다.

첼시의 팬들은 머리를 감싸 쥐었다. 이들에겐 믿기 힘든 현실이었던 모양.

반면 리버풀의 팬들은 자리에서 일어난 채로 열광했다. 당장에라도 경기장에 뛰어들고 싶은 얼굴을 한 채, 이민혁의 이름을 연호했다.

—이민혀어어어어억! 이민혁이 또 넣었습니다! 해트트릭입니다!

—이민혁이 이렇게 첼시까지 무너뜨리네요! 이 선수를 막을 수 있는 팀은 이제 없는 걸까요? 지난 시즌 우승팀인 첼시마저 이렇게 무기력하게 당하다니요!

이민혁은 경기장 위를 뛰었다. 뒤엔 동료들이 쫓아왔다. 팬들을 바라보며, 그들과 최대한 가까운 곳까지 접근했다.

그다음에서야 세리머니를 펼쳤다.

양팔을 넓게 펼치고 팬들의 함성을 받아 냈다.

곧이어 쫓아 온 동료들이 그런 이민혁을 둘러쌌다.

팬들과 동료들에게 축하를 받으며, 이민혁은 씨익 웃었다.

'잘하면 오늘 레벨이 하나 더 오르겠어.'

눈앞에 떠오르고 있는 메시지들의 양이 꽤 많았다.

경험치도 제법 많이 얻었고, 좀 더 활약하면 레벨이 하나 더 오를 수도 있을 것 같았다.

'그러면 뭐, 더 잘해 봐야지.'

이후에도 이민혁은 계속 날뛰었다.

상대 수비진을 흔드는 것으로도 모자라 공격포인트를 기록하기 위해 욕심도 냈다.

—이민혁! 때립니다! 과감한 중거리 슛!

결과는 성공적이었다.

—드, 들어갑니다아아! 이민혁이 첼시의 골문을 또다시 열어 버립니다! 이야! 이건 정말 엄청난 중거리 슈팅이네요!

—허허허! 프리미어리그에서도 어쩌다 한 번 나올 만한 놀라운 슈팅을 이민혁 선수는 너무나도 자주 보여 주고 있습니다! 이렇게 오늘 네 번째 골을 넣었습니다!

—첼시와의 경기에서 4개의 골이라니……! 다른 선수가 했다면 굉장히 많이 놀랐을 일인데, 이민혁 선수가 한 건 그래도 덜 놀라게 되는 것 같지 않습니까?

—하하하하! 맞습니다. 이민혁 선수는 분데스리가에서 뛸 때도 놀라운 장면을 워낙 많이 보여 줬었으니까요.

후반 81분에 넣은 멋진 중거리 골.

세리머니까지 마친 이후, 이민혁은 첼시의 감독 조제 모리뉴와 눈이 마주쳤다.

매우 가까운 거리.

조제 모리뉴 감독은 이민혁을 노려보며 짜증스럽게 외쳤다.

"빌어먹을! 리버풀에 괴물이 사는군!"

*　　　　*　　　　*

첼시는 지난 시즌 챔피언답게 결국엔 골을 만들어 냈다.

추가시간에 넣은 골이었다.

하지만 첼시 선수들과 팬들은 좋아하지 못했다.

골을 넣었음에도 스코어는 5 대 2였으니까.

곧 경기가 끝난다는 걸 알고 있었으니까.

「첼시, 리버풀에 5 대 2 충격 패! 리버풀의 에이스 이민혁을 막지 못한 대가는 컸다.」

「리버풀, 전 시즌 우승팀 첼시를 상대로 5 대 2 대승!」

「이민혁, 첼시전 4골 1어시스트 기록하며 EPL에 완벽히 적응했다는 것 증명해.」

경기는 이변 없이 5 대 2로 끝이 났다.

경기가 끝난 이후, 리버풀이 전 시즌 챔피언 첼시를 압도했다는 소식은 전 세계 축구 팬들에게 커다란 화제가 됐다.

다만, 그보다 더 화제가 된 일이 있었다.

「리그 11라운드 만에 30골 기록한 이민혁, 시즌이 끝날 땐 얼마나 대단한 기록 세울까?」

거우 11번의 경기를 치른 이민혁이 벌써 골을 30개나 기록했다는 것.

　더구나 어시스트도 18개를 기록하며 압도적인 1위를 유지하고 있다는 것.

　이처럼 보고도 믿기 어려운 일이 벌어지고 있다는 사실이 전 세계 축구 팬들 사이에서 가장 큰 화제가 되고 있었다.

＊　　　　　＊　　　　　＊

　[스탯 포인트 2를 사용하셨습니다.]
　[헤딩 능력치가 2 상승합니다.]
　[현재 헤딩 능력치는 77입니다.]

　이민혁은 스탯 포인트를 사용해 능력치를 올렸다.

　첼시와의 경기가 끝나며 얻은 스탯 포인트였다.

　이어서 할 일을 끝내고 라커 룸에 들어가자 춤을 추고 노래를 하는 동료들의 모습이 보였다.

　이들은 이민혁이 들어오자, 하던 걸 멈추고 반갑게 맞아 줬다.

　다만, 리버풀 선수들의 입에서 나온 말들은 이민혁으로선 참을 수 없는 것들이었다.

　"오! 다들 조용히 해 봐! 우리 에이스가 왔다고!"

　"이민혁이다! 오늘 첼시를 박살 내 버린 이민혁이다아아아!"

　"으하하하! 축구의 신이 오셨구만!"

　"세계 최고의 선수다!"

"오우, 민혁! 오늘 미친 플레이 잘 봤어!"

"위대하신 축구의 신이 오셨다! 다들 한마디씩 해 드리자고!"

민망해진 상황에 이민혁이 손사래를 쳤다.

"아오! 적당히 좀 하세요! 축구의 신은 무슨! 다들 대단하신 분들이 왜 이러실까?"

하지만 분위기는 쉽게 가라앉지 않았다.

심지어 위르겐 클롭 감독조차 특유의 호탕한 웃음을 터뜨리며 합세했다.

"크핫핫핫! 자네, 반응이 왜 그래? 오늘 자네가 보여 준 모습은 '축구의 신'이 맞았는걸? 리오넬 메시가 와도 오늘의 이민혁처럼 잘하지는 못했을 거라고!"

그 모습을 본 이민혁은 헛웃음을 터뜨릴 수밖에 없었다.

'아니, 감독님은 왜 선수들보다 더 흥분하셨어?'

이민혁을 띄워 주는 분위기는 계속 이어졌다.

도저히 멈출 분위기가 아니었다.

그래서.

이민혁은 그냥 지금 상황을 즐기기로 했다.

"축구의 신은 아직 너무 과하고… 축구황제로 합시다! 그래요, 분데스리가의 축구황제가 EPL을 박살 내러 왔습니다!"

*　　　　　*　　　　　*

첼시전에서의 승리를 기점으로 리버풀의 분위기는 완전히 살아났다.

위르겐 클롭 감독의 전술은 점점 더 자리를 잡아 나갔고, 선수들은 감독을 믿고 따랐다.

이러한 좋은 분위기는 경기력에서도 나타났다.

「리버풀, 크리스털 팰리스전에서 6 대 1 대승!」

「리버풀, 위르겐 클롭 감독의 전술에 적응했나? 화력 강해지고, 수비도 전보다 단단해진 모습 보이며 크리스털 팰리스전 대승 거둬.」

「이민혁, 크리스털 팰리스와의 경기에서 1골 2어시스트 기록하며 또다시 많은 공격포인트 기록해!」

리버풀은 12라운드에 펼쳐진 크리스털 팰리스와의 경기에서 대승을 거뒀고.

「리버풀, 스완지 시티 상대로 11 대 0 대승!」

「스완지 시티, 이민혁을 막지 못한 대가는 컸다. 이민혁에게 5골 3어시스트 허용하며 11 대 0으로 참패!」

「이민혁, 5골 몰아치며 스완지 시티 무너뜨려!」

13라운드에 펼쳐진 스완지 시티와의 경기에선 11 대 0이라는 큰 점수 차이로 승리했다.

당연하게도 최고의 활약을 펼치고 있는 이민혁의 인기는 더욱 높아졌다.

그런 상황에서.

「이민혁, 리오넬 메시, 크리스티아누 호날두와 함께 발롱도르 최종 후보에 포함돼!」

이민혁이 2015 FIFA 발롱도르 최종 3인에 올랐다는 사실이 발표됐다.

이 사실에 가장 좋아한 팬들은 한국 축구 팬들이었다.

ㄴ미친!!!! 드디어 올 게 왔다!!! 그래!!! 이민혁이 최종 후보 3인에 안 들면 이상하지! 솔직히 너무 유력한 발롱도르 후보임!

ㄴㄷㄷㄷ한국 최초로 발롱도르 수상한 선수가 나오는 건가?

ㄴ우와… 리오넬 메시랑 크리스티아누 호날두랑 어깨를 나란히 하네…….

ㄴ솔직히 작년에도 발롱도르 받아도 이상하지 않았을 거야. 내가 한국 사람이어서 하는 말이 아니라 이민혁은 유럽에서 태어났으면 이미 발롱도르를 받았을 거야. 이번엔 ㅈㄴ 불공평한 거 다 이겨 내고 이민혁이 발롱도르 받았으면 좋겠다. 솔직히 기록에서 압도적이었잖아? 메시랑 호날두 모두 기록으로 보면 이민혁한테 상대도 안 된다고.

ㄴ아마 메시가 2위이고, 이민혁이 1위로 발롱도르 타지 않을까? 2015년도는 그냥 이민혁의 해였다고 해도 오바가 아니니까.

ㄴㅋㅋㅋㅋㅋㅋㅋ이거 실화야? 한국인이 발롱도르 최종 후보 3인에 들어갔다고?ㅋㅋㅋㅋ 그것도 리오넬 메시, 크리스티아누 호날두랑 함께?ㅋㅋㅋㅋㅋㅋ이거 그냥 영화 아니냐? 너무 비현실적인데;;;

└이민혁 플레이를 봐. 저게 어떻게 현실적인 거냐? 이민혁 자체가 비현실적인 실력을 지닌 선수야. 심지어 게임에서도 이민혁처럼 못 해.

반면, 일본 축구 팬들의 반응도 뜨거웠다.
다른 의미의 '뜨거움'이었다.

└발롱도르 최종 후보라고? 신계에 오른 리오넬 메시와 크리스티아누 호날두와 함께? 말도 안 돼……! 가가와 신지나 혼다 케이스케는 도대체 어디서 뭐 하고 있는 거야?

└이민혁은 동양인의 한계를 뛰어넘었어. 그것도 겨우 20세의 나이에… 씁쓸하지만 아시아 최고의 선수야.

└어이, 이민혁을 아시아 최고라고 낮추지 말라고. 그러면 더 추해질 뿐이야. 인정하긴 싫겠지만 녀석은 이미 세계 최고의 선수 중 하나야.

└젠장! 일본은 왜 매번 한국을 축구에서 이기지 못하는 거냐?

└일본인은 이민혁처럼 자신감 있게 플레이하지 못해. 젠장! 박지석에 이어서 이민혁이라는 괴물까지 나오다니! 한국은 도대체 어떻게 된 나라인 거야? 심지어 손훈민도 잘하고 있잖아?

└이민혁은 피지컬부터가 달라. 일본에서는 나올 수 없는 피지컬이야. 이민혁의 강인한 몸과 빠른 스피드는 유럽 선수들보다도 더 뛰어난 것 같아.

└이민혁은 원샷원킬이구만. 슈팅을 하는 족족 다 골로 만들어 버리잖아?

└발롱도르 최종 3인? 전혀 놀랍지 않아. 이 한국인은 EPL에서 벌써 36골을 넣었다고.

└지금 이민혁의 기세라면 시즌이 끝나면 80골을 기록할 수도 있겠어. 그렇게 되면 프리미어리그에서 역대 최고 기록 아닌가?

└프리미어리그가 아니라 모든 리그에서 최고의 기록이겠지.

└그러면 이민혁은 축구 역사에 남는 선수가 되겠군.

└일본대표팀은 이민혁이 포함된 한국대표팀을 만나면 고개를 숙여야 해.

일본에서도 이민혁의 이름은 유명했다.

어린 나이에 유럽에서 말도 안 되는 활약을 펼치는 한국인 선수였기에 유명할 수밖에 없었다.

일본 축구 팬들은 이민혁이 좋은 활약을 펼칠 때면 매번 열등감을 드러냈다.

한국을 부러워하고 일본 선수를 깎아내렸다.

더불어 이민혁의 단점을 찾기 위해 노력했다. 실력에선 찾기 힘드니, 사생활에서 찾으려고 했다.

하지만, 이민혁의 사생활은 먼지 하나 나오지 않았다.

└이민혁은 왜 다른 한국인들과는 다르게 연애도 안 하는 거야? 얘, 혹시 로봇 아니야?

└어떻게 이럴 수가 있지? 이민혁을 철저하게 조사해 봤는데, 이 녀석 완전히 축구에 미친놈이야. 집이랑 훈련장만 오가는 축구광이라고……

└매일 훈련장에 가장 일찍 오고, 가장 늦게 집으로 돌아간다는데? 이게 말이 되나? 원래 한국인들은 이렇게 성실한가? 박지석이 특이했던 거 아니었어?

└영국은 당장 이민혁을 철저하게 조사해 봐야 해. 이 녀석은 분명 인간이 아닐 거야.

└한국인들은 유럽에서 엄청난 활약을 하고 있는데, 일본인들은 뭐 하고 있는 거냐? 왜 이민혁 같은 선수를 못 만들어 내는 거냐고!

└젠장! 이민혁을 욕하고 싶어도, 딱히 욕할 게 없잖아?

이렇게 세계적으로 많은 관심을 받는 상황에서.

이민혁은 여전히 훈련에만 매진했다.

남들 다 한다는 연애, 여행, 게임 같은 것엔 별로 관심이 없었다.

그에게 가장 중요하고 재밌는 건 축구였으니까.

"오늘은 이 기술을 연습해 봐야지."

*   *   *

영국 사람들은 축구를 굉장히 좋아한다.

우스갯소리로 영국인 10명 중 9명은 축구를 좋아한다는 말이 있을 정도였다.

이런 영국 축구 팬들 사이에서 곧 펼쳐질 한 경기가 많은 관심을 끌었다.

「리버풀 vs 맨체스터 시티. 누가 이길까? 팬들의 의견 갈려.」

리버풀의 다음 상대는 맨체스터 시티였다.

이 경기의 승자를 예측하는 과정에서 축구 팬들의 의견이 갈렸다.

최고의 분위기를 이어 가고 있는 리버풀과 많은 돈을 쓰며 스쿼드가 강력한 맨체스터 시티.

두 팀 중 누가 이길 것인가에 관한 토론은 경기가 시작되기 전까지 끝나지 않았다.

"민혁, 오늘도 골을 넣을 생각인가?"

라커 룸에서 경기장에 나갈 시간을 기다리던 이민혁은 위르겐 클롭 감독의 말에 대답했다.

"전 항상 골을 노리죠."

"역시 자신감이 넘치는군. 보기 아주 좋아. 그나저나, 최근에 발롱도르 최종 3인에 올랐던데 기분이 어떤가?"

"얼떨떨해요. 그냥 앞만 보고 열심히, 즐겁게 해 왔는데 어느 순간 발롱도르 최종 3인에 오른 느낌이에요."

"요즘… 부담되지는 않고?"

지금 받는 관심들이 부담되지 않냐는 위르겐 클롭 감독의 눈빛엔 걱정이 담겨 있었다.

이민혁은 그런 위르겐 클롭 감독의 모습을 보며, 씨익 웃었다.

"전혀요. 걱정 안 하셔도 됩니다. 저 멘탈이 꽤 세거든요."

"호오?! 그래? 내가 봐도 평범하지는 않은 것 같더라니. 크핫핫핫! 이거, 내가 괜한 걱정을 했구만?"

"괜한 걱정까지는 아니고요……."

이민혁이 대답하던 도중.

위르겐 클롭 감독은 언제 걱정을 했냐는 듯, 특유의 장난기 넘치는 얼굴로 라커 룸에 있는 다른 선수들을 향해 소리쳤다.

"유력한 발롱도르 후보인 이민혁 선생이 오늘도 골을 넣어서 리버풀을 승리로 이끌어 주겠다고 말씀하신다! 다들 감사를 표하도록!"

그러자 리버풀 선수들이 웃음을 터뜨리며 빠르게 대답했다.

"옙! 감사합니다! 축구황제님!"

"축구황제님께서 우리를 이끌어 주신다고요? 그럼 오늘도 이기겠네! 하하하! 맨체스터 시티는 오늘 지옥 같은 하루가 되겠어!"

"이민혁 선생이 골을 넣어 주시면 너무 감사하죠!"

"리버풀의 에이스가 골을 약속하셨다고? 그 약속, 무조건 지켜지겠구만?"

"든든하다, 든든해! 난 오늘 딱 1인분만 할 게. 감독님, 그래도 괜찮죠? 어차피 축구황제님이 5인분 해 줄 테니까요."

순식간에 시끄러워진 라커 룸을 보며, 이민혁은 한숨을 내쉬었다.

"에휴! 감독님이나 동료들이나……."

하지만, 그런 이민혁의 입가에도 미소가 걸려 있었다.

삐이이이익!

―경기가 시작됩니다! 리버풀과 맨체스터 시티가 이번 시즌엔 처음으로 만난 거죠?

―예, 그렇습니다. 양 팀의 상대 전적을 보면… 지난 시즌엔 리그 2위를 기록했던 맨체스터가 아무래도 더 우위에 있었습니다. 하지만 이번 시즌만큼은 리버풀의 분위기가 더 좋습니다. 위르겐 클롭 감독이 부임한 이후로 좋아진 조직력을 보여 주고 있고, 이민혁 선수의 활약이 굉장하기 때문이죠. 하지만 맨체스터 시티 역시 이번 시즌에 전력을 강화하며 지난 시즌보다 더 강해졌다는 평을 받고 있습니다. 실제로 이번 시즌에 좋은 성적을 내고 있고요.

―치열한 경기가 되겠군요?

―맞습니다. 다음으로……

경기가 시작된 지금.

이민혁의 눈이 빛났다.

'확실히 스쿼드가 좋네.'

상대인 맨체스터 시티의 선수들의 면면은 화려했다.

세르히오 아궤로, 라힘 스털링, 케빈 더브라위너, 헤수스 나바스, 야야 투레와 같은 세계적인 수준의 선수들.

다만, 조금도 겁나지 않았다.

질 거라는 생각도 들지 않았다.

저들에게 겁을 먹기엔, 이민혁이 너무 많이 성장해 버렸다.

지금 이 순간, 이민혁이 고민하는 건 오로지 하나였다.

'이번 경기에서도 레벨을 올릴 수 있으려나?'

맨체스터 시티를 잡아 레벨업을 할 수 있을지.

오직 그것만이 이민혁의 고민거리였다.

*   *   *

현재 이민혁의 상태는 다음과 같았다.

[이민혁]

레벨: 207

나이: 21세(만 20세)

키: 183㎝

몸무게: 77㎏

주발: 양발

[체력 100], [슈팅 120], [태클 80], [민첩 104], [패스 91]

[탈압박 110], [드리블 130], [몸싸움 105], [헤딩 81], [속도 110]

스킬: [예리한 슈팅], [예리한 패스], [축구 재능], [바디 밸런스], [강인한 신체], [양발잡이], [프리킥 재능], [중거리 슈터], [태클 재능], [정교한 크로스], [강철 체력], [드리블 마스터], [헤딩 재능], [슈팅 재능], [패스 마스터], [몸싸움 재능], [페널티박스 안의 피니셔], [날렵한 신체], [패스의 길], [단단한 뼈]

스탯 포인트: 0

많은 변화가 있었다.

대부분의 능력치가 100을 훌쩍 넘겼고, 스킬의 숫자도 많아졌다.

또한, 키가 1㎝ 커서 183㎝가 되어 있었고, 몸무게도 조금 늘어 77㎏이 되어 있었다.

키의 경우엔 운이 좋았다고 볼 수 있었고, 늘어난 몸무게는 꾸준히 근육량을 늘린 결과였다.

이런 상황이니, 이민혁으로선 자신감이 생길 수밖에 없었다.

더구나 분데스리가와 챔피언스리그를 경험하며 유명한 선수들을 상대하는 것도 익숙해지지 않았던가.

상대가 맨체스터 시티든, 어디든 이민혁에게 아무런 부담을 주지 못했다.

이러한 자신감은 경기력으로도 나타났다.

─이민혁이 압박을 벗어납니다! 스털링과 페르난도 두 명이 막고 있었는데, 그걸 벗어나네요! 역시 세계 최고의 탈압박 능력을 지닌 선수답습니다!

화려한 움직임으로 두 명의 압박을 벗어난 이민혁의 앞을 알렉산다르 콜라로브가 막아섰다.

하지만 맨체스터 시티의 풀백 알렉산다르 콜라로브는 느린 스피드가 단점인 선수였기에, 발이 빠른 이민혁과는 상성이 매우 좋지 않았다.

휘익! 이민혁은 왼쪽으로 상체 페인팅을 한 번 준 뒤, 툭! 오른쪽으로 몸을 틀었다. 그러자 알렉산다르 콜라로브가 따라왔다. 이때, 이민혁은 특유의 민첩성을 발휘하며 재빨리 왼쪽으로 몸을 틀며 공을 치고 나갔다.

—이민혁이 콜라로브의 수비까지 뚫어 냅니다! 이민혁! **빠릅니다**! 콜라로브가 뒤를 쫓아보지만, 따라잡을 수가 없습니다! 이민혁은 유럽에서 가장 **빠른** 선수거든요!

상대 풀백인 알렉산다르 콜라로브까지 제쳐 낸 지금, 이민혁은 그대로 크로스를 올리는 척 다리를 휘둘렀다.

그 순간 백업을 하기 위해 튀어나온 맨체스터 시티의 센터백 망갈라가 덤벼들었다.

크로스는 속임수였고, 진짜는 돌파였다.

그러나 여기서 이민혁은 망갈라와 한번 부딪쳐 보고 싶다는 생각을 했다.

'망갈라의 피지컬이 그렇게 강하다지?'

망갈라는 피지컬이 뛰어나기로 유명한 선수였다.

구단에서 준 분석 자료에도 망갈라와의 몸싸움을 조심하라는 내용이 적혀 있었고, 피지컬 하나만으론 유럽에선 당할 자가 없다는 소문이 돌 정도였다.

그 사실이 이민혁의 승부욕을 자극했다.

'나도 몸싸움이 많이 좋아졌으니 한번 붙어 봐야겠어.'

현재 이민혁의 몸싸움 능력치는 105였다.

정확한 수준을 가늠할 수는 없지만, 리버풀 내에서 센터백들을 몸싸움으로 압도하지는 못해도 밀리지 않는 수준은 됐다.

때문에, 망갈라를 상대로도 최소한 튕겨 나가지는 않을 거라는 생각을 했다.

그러나 이건 이민혁의 착각이었다.

퍼억!

"헉!"

이민혁은 깜짝 놀랐다.

망갈라와 부딪친 순간 말도 안 되는 충격을 느꼈기 때문이었다.

'무슨 사람 몸이……!'

이 정도로 몸싸움이 강한 사람은 처음이었다. 이민혁은 당황했지만, 간신히 중심을 잡았다. 하마터면 튕겨 나갈 뻔했지만, 손바닥으로 땅을 짚으며 버텨 냈다. 방심하지는 않았기에 나온 결과였다.

이때, 망갈라가 기다렸다는 듯 발을 뻗었다.

공을 빼앗길 것 같은 상황.

하지만 이민혁은 이대로 공을 넘겨줄 생각이 없었다.

휘청거리는 상태에서도 공을 향해 발을 뻗었다. 발바닥이나 발의 안쪽으로 컨트롤할 수 있는 자세는 아니었기에, 이민혁은 발등으로 공을 끌어왔다.

여러 명을 상대로도 공을 빼앗기지 않는 이민혁이었다.

비록 중심이 흔들렸지만, 어떻게든 공을 지켜 내는 것에 성공했다.

더구나.

휘익!

이민혁은 상체 페인팅을 주며, 반대편으로 급격히 몸을 틀었다. 그러자 계속해서 발을 뻗어 내던 망갈라의 중심이 흔들렸다.

이민혁은 그런 망갈라를 살짝 밀치며 앞으로 튀어 나갔다.

망갈라는 이제 이민혁을 쫓지 못했다.

─우오오오오! 이민혁이 망갈라와의 일대일에서 승리합니다!

상대의 풀백과 센터백 하나를 제쳐 낸 지금.

이민혁의 앞엔 넓은 공간이 펼쳐졌다.

맨체스터 시티엔 또 하나의 센터백 마르틴 데미첼리스가 있지만, 그와의 거리는 아직 꽤 멀었다.

이민혁에겐 모든 걸 할 수 있는 시간이 있었다.

'어우! 식겁했네.'

조금 전에 있었던 망갈라와의 몸싸움 장면을 떠올리며, 이민혁은 조 하트 골키퍼가 지키는 맨체스터 시티의 골문 안으로 강력한 슈팅을 때려 냈다.

[상대의 페널티박스 안에서 슈팅했습니다!]

['페널티박스 안의 피니셔' 스킬 효과가 발동됩니다!]

[슈팅의 정확도가 대폭 상승합니다.]

스킬 효과까지 받은 이민혁의 슈팅은 맨체스터 시티의 골문을 뚫어 냈다.

─고오오오오올! 이민혁의 선제골입니다! 역시 이민혁입니다!

─이민혁의 완벽한 원맨쇼였습니다! 정말 화려합니다! 이민혁의

움직임은 화려한데 실속까지 있습니다!

*　　　　*　　　　*

전반전 4분 만에 터진 골.

맨체스터 시티의 팬들에겐 충격적인 일이었다.

"…말도 안 돼! 이게 무슨 일이야?"

"맨체스터 시티가 이렇게 허무하게 골을 내준다고……?"

"젠장! 수비수들이 방금 뭘 한 거야? 정말 우리 선수들이 이민혁 하나를 못 막는 거야……?"

"이게 뭐야!"

반면, 리버풀의 팬들은 환호성을 터뜨렸다.

이민혁의 이름을 연호하는 건 물론이고, 맨체스터 시티를 놀리는 노래까지 불러 댔다.

이처럼 이민혁의 골은 경기장의 분위기를 크게 바꿔 놨다.

―오늘 이민혁의 컨디션이 좋아 보입니다! 하하, 이런 말을 하는 것도 조금 이상하게 느껴지네요. 생각해 보니 이민혁 선수의 컨디션이 좋지 않았던 날은 없었던 것 같거든요.

―이민혁 선수가 무서운 이유는 기복이 없는 것이죠. 정말 경기마다 최고의 모습을 보여 주는 선수입니다.

해설들의 말처럼 이민혁은 기복을 보이지 않았다.

매번 최고의 모습을 보여 줬다.

오늘도 그랬다.

한 골을 넣은 이후에도 이민혁은 계속해서 날카로운 돌파와 패스, 슈팅을 시도했다.

그러다 보니 리버풀의 추가골은 금방 터졌다.

─들어갑니다! 피르미누! 피르미누가 지난 경기에 이어서 골 맛을 봅니다!

─이민혁의 패스를 피르미누가 깔끔하게 받아 넣었네요!

2 대 0 스코어가 되었고, 분위기는 리버풀로 크게 넘어왔다.

하지만 맨체스터 시티는 지난 시즌 프리미어리그 2위를 기록했던 팀.

밀리는 상황에서도 저력을 보였다.

─케빈 더브라위너! 환상적인 패스입니다! 고오오오오오올! 세르히오 아궤로! 세르히오 아궤로의 완벽한 마무리! 맨체스터 시티가 2 대 1로 쫓아갑니다!

케빈 더브라위너, 라힘 스털링, 세르히오 아궤로는 뛰어난 실력을 드러내며 리버풀의 수비진을 괴롭혔다.

하지만, 이민혁이 맨체스터 시티의 수비진을 더 효과적으로 괴롭혔다.

심지어 전반전 34분엔.

─오오오?! 찍었습니다! 페널티킥이 선언됩니다! 아~! 방금은 이민혁 선수를 향한 망갈라의 태클이 깊었죠?! 망갈라가 옐로카드를 받습니다!

페널티킥까지 얻어 냈고.

─들어갔습니다! 이민혁이 여유롭게 페널티킥을 성공시킵니다! 정말 엄청난 결정력이네요!

직접 키커로 나서서 성공시키기까지 했다.
이후, 맨체스터 시티가 리버풀을 강하게 몰아붙이며 골을 노려 봤지만.
오히려 리버풀의 빠른 역습에 흔들리는 모습을 보였다.
게다가 맨체스터 시티는 운도 따르지 않았다.
전반 43분, 이민혁이 콜라로브를 제치고 올린 낮은 크로스가 망갈라의 몸에 맞고 그대로 맨체스터 시티의 골대 안으로 들어가 버린 것이다.

─아……! 망갈라가 머리를 감싸 쥐고 아쉬워합니다!
─아쉬울 수밖에 없죠. 자책골이니까요. 오늘 맨체스터 시티는 운마저 따르지 않고 있습니다.

이후, 후반전이 진행되었을 때도 분위기는 리버풀이 가져왔다.
4 대 1 스코어 상황은 제아무리 맨체스터 시티라고 해도 힘이

빠질 수밖에 없었고.

리버풀은 그런 맨체스터 시티를 강하게 몰아붙였다.

＊　　　　　＊　　　　　＊

「맨체스터 시티, 리버풀과의 경기에서 7 대 1 스코어로 충격 패! 오늘 맨체스터 시티는 리버풀의 상대가 되지 못했다.」

「리버풀의 왕 이민혁, 3골 2어시스트 기록하며 맨체스터 시티 무너뜨려!」

「이민혁, ‘모두가 잘해 줬기 때문에 이길 수 있었다고 생각한다. 특히, 최근 집중력이 좋아진 수비진을 칭찬하고 싶다’라며 겸손한 모습 드러내.」

맨체스터 시티마저 무너졌다.

리버풀의 기세는 끝이 보이지 않을 정도로 높아졌다.

과거, 바이에른 뮌헨이 무패 우승으로 달려갈 때의 분위기와 비슷했다.

이런 리버풀이 연승을 이어 가는 건 그리 이상한 일이 아니었다.

경기장에서 보여 주는 경기력을 보면 당연하게 느껴질 정도였다.

「리버풀, 뉴캐슬전 4 대 2 승리하며 연승 이어 가!」

「이민혁, 1골 2어시스트 기록하며 리그 득점 1위, 도움 1위 기록 이어 가!」

리버풀은 15라운드에 펼쳐진 뉴캐슬과의 경기에서 승리를 거뒀고.

「리버풀, 웨스트 브로미치를 상대로 5 대 2 승리!」
「이민혁, 해트트릭! 3골 1어시스트 기록하며 웨스트 브로미치전 승리 이끌어!」

이어진 16라운드에선 웨스트 브로미치를 상대로 또다시 승리를 거두며 연승을 이어 갔다.

「리버풀, 17라운드에서 왓퍼드에게 승리하며……」
「리버풀, 18라운드에서 레스터 시티에게 승리……」
「리버풀, 19라운드에서 선덜랜드에게……」

리버풀의 연승은 20라운드까지 계속 이어졌다.
10라운드에 펼쳐졌던 사우샘프턴전에서 무승부를 기록한 이후로 계속해서 승리를 거둔 것이다.
무려 10연승이었다.
덕분에 리버풀 선수들과 팬들은 행복한 시간을 보냈다.
이민혁 역시 마찬가지였다.
"드디어 오르겠네."
20라운드 경기인 웨스트햄 유나이티드와의 경기가 끝난 직후.
그는 기대감을 드러내며 허공에 뜬 메시지들을 바라봤다.

[퀘스트를 완료하셨습니다!]

[퀘스트 내용: 웨스트햄 유나이티드를 상대로 승리해 리그 10연승을 기록하세요.]

[보상으로 경험치가 20% 증가합니다.]

[퀘스트를 완료하셨……]

……

……

[레벨이 올랐습니다!]

기대했던 대로 레벨이 올랐다.

이민혁은 마지막에 떠오를 메시지를 기다렸고, 그 메시지는 곧이어 떠올랐다.

[레벨 210을 달성하셨습니다!]

[스킬이 지급됩니다.]

['스로인 마스터'를 습득하셨습니다.]

"스로인 마스터?"

이민혁은 즉시 새로 얻은 스킬의 정보를 확인했다.

[스로인 마스터]

유형: 패시브

효과: 스로인 상황에서 정확하고 강력하게 공을 날릴 수 있습

니다.

"재밌는 스킬이 나왔네."

어지간해선 스로인을 직접 하지 않는 이민혁이었기에, 이 스킬은 더 재밌게 다가왔다.

더구나 정보에 적힌 것처럼, 정확하고 강력한 스로인을 할 수 있게 된다면 분명 큰 도움이 될 게 분명해 보였다.

"빨리 연습해 보고 싶다."

이민혁은 다음날부터 스로인 연습에 빠져들었다.

연습은 힘들지 않았다. 새로운 무기를 얻게 되었다는 생각에 그저 즐거울 뿐이었다.

그렇게 며칠이 지났을 때.

"괜찮으세요?"

스위스에 도착한 이민혁은 피터의 질문에 떨리는 목소리로 대답했다.

"하하… 오늘은 좀 떨리네요."

*　　　　*　　　　*

이민혁은 솔직하게 답했다.

떨렸다. 너무 떨렸다.

사실 떨릴 수밖에 없었다.

발롱도르 시상식에 가는데, 떨릴 수밖에 없지 않겠는가?

더구나.

"으하하! 떨릴 수밖에 없죠. 자랑스러운 발롱도르 수상자가 되셨는데요!"

"…이게 말이 되는 건지 모르겠어요. 너무 비현실적이라."

최근에 언질을 받았다.

발롱도르 수상자는 자신이 될 거라고.

사실상 발롱도르 수상을 알고 가는 자리였다.

떨릴 수밖에 없었다.

더구나 자신과 경쟁하는 선수들이 누구던가!

리오넬 메시와 크리스티아누 호날두다.

명실상부 신계에 올랐다고 평가받고, 세계 최고의 선수들이라는 그들과.

세계 최고의 자리를 놓고 경쟁하다니.

그것도 승리를 확신할 수 있게 됐다.

'아니야, 확신하지 말자. 막상 그 자리에 갔는데, 다른 선수가 받게 될 수도 있는 거잖아? 괜히 기대를 많이 하면 실망하게 될 수도 있어.'

너무 큰 기대를 하지 않겠다고 생각하며, 이민혁은 피터와 함께 취리히로 향했다.

취리히는 발롱도르 시상식이 열릴 장소.

그곳에 도착한 이민혁은 귀빈 대우를 받으며 자리에 앉았다.

옆에는 피터가 있었고, 주변엔 리오넬 메시와 유명한 여러 선수의 모습이 보였다.

이때, 이민혁은 적어도 하나는 확신할 수 있었다.

'크리스티아누 호날두도 발롱도르 결과를 알고 있었나 보네.'

시상식에 불참한 크리스티아누 호날두는 발롱도르 수상자가 아닐 거라는 것을.

'그렇다고 불참을 해 버리나?'

이민혁이 혀를 찼다.

자신이 수상자가 아니라는 사실에 실망한 것까지는 이해할 수 있었다.

하지만 시상식에 불참해 버린 크리스티아누 호날두의 행동은 확실한 비매너였다.

아주 역겨운 행동이었다.

만약 자신과 친분이 있었다면 뒤통수를 강하게 때려 줬을 것이다.

이러한 생각은 이민혁만 한 게 아니었다.

「크리스티아누 호날두, 발롱도르 3위 유력하다는 소식에 시상식 불참!」

「기본이 되지 않은 행동한 크리스티아누 호날두, 그가 과연 발롱드르 최종 후보에 오를 자격이 있는 사람일까?」

「크리스티아누 호날두, 이민혁과 리오넬 메시에게 인성으로도 패배하다.」

이처럼 크리스티아누 호날두를 비판하는 기사들이 실시간으로 생성되고 있었고.

전 세계 축구 팬들도 분노하며 크리스티아누 호날두의 행동을 비난했다.

ㄴ역시 크리스티아누 호날두는 쓰레기 같은 인성을 지녔어. 가정교육을 제대로 못 받은 티가 확실하게 난다니까?

ㄴ저 녀석은 한때 팀에서 왕따였지. 이기적이고 자신밖에 모르는 녀석이니까. 멍청한 크리스티아누 호날두는 겸손할 필요가 있어.

ㄴ크리스티아누 호날두의 엉덩이를 걷어차 주고 싶군. 설마 이렇게 역겨운 행동을 할 줄이야.

ㄴ크리스티아누 호날두의 정신은 어린아이와 같아. 그 녀석이라면 발롱도르를 받지 못하게 됐다는 소식을 듣고 칭얼거리며 이불 속으로 숨었겠지.

ㄴ크리스티아누 호날두는 발롱도르를 얻을 자격을 박탈해야 해.

ㄴ호날두는 메시와 이민혁에게 실력에서도 밀리고, 인성에서도 밀리네.

*   *   *

—2015 FIFA 푸스카스상 수상자는……!

푸스카스상 수상자가 발표됐다.

후보엔 멋진 골들이 많았다.

골을 넣은 선수들의 네임 밸류도 쟁쟁했다.

그럼에도.

수상자는 이민혁이었다.

이민혁의 골이 압도적으로 멋있었고, 어려웠다는 평을 받은 결과였다.

―이민혁입니다!

멋진 정장을 입은 이민혁은 단상 위에 올라가 감사를 표했고.
다시 자리에 돌아와 앉았다.

―2015 FIFA 월드 베스트 11은…….

이어서 월드 베스트 11인의 멤버가 발표됐다.
한 해 포지션별 최고의 선수를 뽑는 월드 베스트.
발롱도르만큼은 아니어도 충분히 명예로운 일이었고, 이민혁
은 이 월드 베스트 11인에 오르게 됐다.
"기분 되게 좋네."
이민혁이 미소를 지었다.
세계 최고의 선수들인 리오넬 메시, 크리스티아누 호날두, 폴
포그바, 루카 모드리치, 안드레스 이니에스타, 다니 아우베스, 마
르셀루, 치아구 시우바, 마누엘 노이어와 함께 오른 자리였다.
기분이 좋아지는 건 당연한 일이었다.
이 중, 이민혁의 자리는 오른쪽 윙어였다.

―올해의 남자 축구 감독상의 주인공은……!

다음으로 펼쳐진 2015 FIFA 올해의 남자 축구 감독상의 주인
공은.

―펩 과르디올라입니다!

이민혁과는 바이에른 뮌헨 시절을 함께했던 펩 과르디올라 감독이었다.

'축하드려요. 감독님.'

펩 과르디올라 감독이 얼마나 열정적이고 열심히 해 왔는지를 알고 있는 이민혁은, 그를 향해 커다란 박수를 보냈다.

잠시 후.

대망의 발롱도르 시상식이 시작됐다.

한 해 최고의 선수가 결정되는 지금.

시상식에 참여한 사람들의 얼굴엔 긴장감이 흘렀다.

하지만, 이들의 시선은 전부 이민혁에게로 향했다.

'이번 발롱도르는 이민혁이겠지.'

'리오넬 메시도 엄청났지만, 이민혁은 그보다 더 대단했어.'

'이건 이민혁이야.'

'리오넬 메시도 잘했어. 하지만 이민혁이 받을 것 같아.'

'누가 받을까? 아무래도 이민혁이겠지?'

―2015 FIFA 발롱도르의 주인공은……!

모두의 시선이 이민혁에게로 향한 건 이상한 일이 아니었다.

2015년도의 이민혁은 그만큼 압도적인 활약을 펼쳤으니까.

이변은 없었다.

—이민혁입니다! 축하드립니다!

터벅! 터벅!

이민혁이 수상을 하기 위해 무대 위로 올라갔다.

발롱도르 수상자에게 주어지는 축구공 모양을 한 황금색 트로피.

그것을 받아들며, 이민혁은 작게 중얼거렸다.

"…이걸 진짜 받아 버렸네."

이어서 주변을 둘러봤다.

많은 사람이 자신을 바라보고 있다.

화려한 조명 때문일까? 아니면 시간이 지나서일까?

무대에서 느껴지는 열기도 대단했다.

조금 전, 푸스카스상을 받으러 올라갔을 때보다 훨씬 더 뜨겁게 느껴졌다.

다만, 이상하게 긴장이 풀렸다.

'무대 위에 올라오면 더 떨릴 줄 알았는데, 그렇지는 않네.'

이민혁은 씨익 웃으며 마이크를 향해 가까이 다가갔다.

따로 수상 소감을 준비하진 않았다.

어차피 머리가 하얘질 거라는 생각 때문이었다.

그래서일까?

이민혁의 발롱도르 수상 소감은 유난히 짧고 강렬했다.

—발롱도르라는 영광을 누릴 수 있게 도와주신 모든 분께 감사

드리며… 약속 하나를 하겠습니다. 제 축구 인생의 전성기는 아직 오지 않았다고 믿습니다. 앞으로도 계속 성장하며, 더욱 멋진 플레이를 보여 드리겠습니다.

＊　　　＊　　　＊

「2015년도 FIFA 발롱도르 수상자는 이민혁!」

「이민혁, 20세의 나이에 세계 최고의 자리에 올라!」

「역사상 최고의 재능을 지녔다는 이민혁, 리오넬 메시와 크리스티아누 호날두 제치고 발롱도르 수상! 2015년 최고의 선수는 이민혁!」

이민혁의 발롱도르 수상은 큰 화제가 됐다.

전 세계적으로 이민혁의 이름이 퍼져나갔고, 전 세계 축구 팬들은 잔뜩 흥분한 채로 커뮤니티에 글을 올려 댔다.

ㄴ워후! 이민혁이 발롱도르를 받았어! 엄청난 속도로 성장하더니만 이젠 발롱도르까지 받네! 근데 이민혁의 나이가 20살 맞지? 20살의 나이에 이렇게나 잘하다니… 정말 말도 안 되지 않냐?

ㄴ압도적인 재능이야. 이민혁을 볼 때마다 한국인들이 부러워져. 얼마나 자랑스러울까? 축구를 볼 때마다 얼마나 즐거울까?

ㄴ한국에선 이민혁이 최고의 스타라더라.

ㄴ새삼스럽게 왜 그래? 이민혁은 독일에서도 최고의 스타였고, 이미 영국에서도 최고의 스타 중 하나가 됐잖아?

ㄴ이 순간에 제일 부러운 건 리버풀이야. 이민혁 같은 선수를

데리고 있으면, 얼마나 든든할까?

 ㄴ리오넬 메시가 발롱도르를 받지 못한 건 슬프지만, 크리스티아누 호날두 따위가 받지 않아서 기분이 좋다.

 ㄴ이민혁 발롱도르! 이게 맞지! 2015년도는 누가 뭐래도 이민혁이 제일 잘했어. 모든 기록에서 리오넬 메시보다 압도적이었잖아?

 ㄴ사실상 이민혁이 2014년도 발롱도르도 받았어야 해. 이민혁은 도둑맞은 발롱도르를 이제야 받아 냈을 뿐이야.

 당연하게도 한국 팬들의 반응이 가장 뜨거웠다.

 ㄴ으어어어어엉! 발롱도르다! 발롱도르야아아아아아!!!! 한국에서 발롱도르를 수상하는 선수가 나왔다고오오오!ㅠㅠㅠㅠㅠ

 ㄴ이게 현실임? 진짜 이민혁이 발롱도르 받은 거임? ㅅㅂ 말도 안 되잖아?!

 ㄴ솔직히 다들 예상은 했잖아? 이민혁이 발롱도르 받을 거라고. 근데 이게 정말 현실이 되니까, 비현실적으로 느껴져ㅋㅋㅋ

 ㄴㅈㄴ 대단하다! 리얼로 ㅈㄴ 대단해! 우와… 이민혁은 정말… 말이 안 나오네!

 ㄴ나만 눈물 나오냐? 나만 감수성 터졌냐? 발롱도르 시상식에서 이민혁 이름 나오자마자 눈물 주르륵 흘렀는데, 나만 그랬냐?

 ㄴ나도 울었음. 너무 자랑스럽고 기뻐서 눈물 나더라. 근데 이민혁 수상 소감은 좀 깼음. 인간적으로 너무 짧잖아ㅋㅋㅋㅋㅋㅋㅋ 일생에 한 번 받는 상일 수도 있는데 멘트 준비 좀 해 오지.

 ㄴ난 이민혁의 수상 소감이 짧고 굵어서 오히려 진심이 더 느껴

지던데? 난 좋았음.

　└이민혁 왜케 멋있냐… 이제 웬만한 선수들은 천재라는 말 못 들을 듯. 만 20살에 발롱도르 받은 이민혁이랑 비교할 수 있는 선수는 브라질의 호나우두밖에 없잖아?

　└축구황제 호나우두는 대단했지. 거의 유일하게 지금의 이민혁이랑 비교할 수 있을 정도로. 그러니까 이민혁이 호나우두의 축구황제 타이틀을 물려받았다는 말을 듣기도 하잖아ㅋㅋㅋㅋ

　└근데 객관적으로 보면 이민혁이 더 잘했어.

　└호나우두는 리스펙하자. 굳이 비교하지 말고.

같은 시각.

이민혁은 피터의 잔소리를 듣고 있었다.

"아니이이이이! 어떻게 발롱도르 수상 소감을 그렇게 짧게 말할 수가 있어요? 발롱도르라고요! 무려 발롱도르!"

눈을 동그랗게 뜨며 황당하다는 마음을 표현하고 있는 피터의 모습에.

"발롱도르 시상식 무대 올라가 봤어요?"

이민혁이 웃으며 되물었다.

"…아뇨, 못 올라가 봤죠."

"거기 올라가니까 할 말이 크게 생각나지 않더라고요. 미리 수상 소감을 준비했으면 모를까, 그렇게 하지도 않았고요. 그러니까 너무 뭐라고 하지 마세요. 그리고 나름대로 할 말은 다 했다고 생각하고 있어요."

"아쉬워서 그렇죠. 아쉬워서. 이민혁 선수가 세계 최고의 선수로 뽑힌 자리를 너무 짧게 누리셨으니까요. 어흐! 최소한 10분은 위에서 박수도 받고, 그러고 내려오셨으면 좋았을 텐데……."

"피터."

웃음기 없이 이름을 부르는 이민혁의 행동에.

피터 역시 얼굴에 드러난 감정을 지웠다.

"예, 이민혁 선수."

"제 수상 소감 기억하고 계시죠?"

"예. 토씨 하나도 안 틀리고 다 기억하고 있어요. 왜요?"

"제 축구 인생의 전성기가 아직 오지 않았다고 했던 것도 기억하시겠네요?"

"…그렇죠."

"계속해서 성장할 것이고, 더욱 멋진 플레이를 보여 줄 거라고 한 것도 기억하시겠고요?"

"…다 기억해요."

"그거 다 진심이었어요."

"…예?"

"다 진심이었다고요."

"당연히 진심이셨겠죠… 이민혁 선수가 거짓말을 하실 분은 아니니……."

"그럼, 다음 2016 FIFA 발롱도르는 누가 받을 것 같으세요?"

"……."

"전 제가 받을 거라고 믿어요. 그러기 위해서 계속 노력하고, 성장할 것이고요."

"아……!"

"이번에 수상 소감이 너무 짧았으면 다음 발롱도르 시상식 때 더 길게 하면 되잖아요?"

"…하하하! 그건 맞죠."

피터가 웃음을 터뜨리며, 이민혁을 바라봤다. 한없이 진지한 얼굴로 대단한 자신감을 드러내는 청년.

저 모습이 조금도 거짓되지 않게 느껴졌다.

'이민혁 선수라면……'

피터가 봐 온 이민혁이라면.

충분히 지킬 수 있는 말 같았다.

'다음 발롱도르도 수상할 수 있을 것 같긴 해.'

피터의 생각처럼.

이민혁은 빈말을 뱉은 게 아니었다.

시상식에서도, 피터의 앞에서도 전부 진심만을 말했다.

그래서, 그 말을 지키기 위해서 이민혁은 영국으로 돌아가면 바로 훈련에 돌입할 생각이었다.

주변에서 들려오는 소식들, 칭찬들에도 크게 연연하지 않을 생각이었다.

만족하지 않고 더 나아가기 위해서 노력하는 것.

그게 바로 이민혁이 하고자 하는 일이었으니까.

다만.

'아, 이건 못 참지.'

시상식에 집중하기 위해 치워 뒀던 메시지들을 확인하는 것만큼은 더는 참을 수가 없었다.

애써 무시하고 있었지만.

이민혁의 눈앞엔 아까부터 많은 수의 메시지가 떠 있었다.

시상식이 끝난 뒤에 뜬 메시지들이었다.

[퀘스트를 완료하셨습니다!]

[퀘스트 내용: FIFA 푸스카스상을 받으세요.]

[보상으로 경험치가 200% 증가합니다.]

[퀘스트를 완료하셨습니다!]

[퀘스트 내용: FIFA 월드베스트 11인의 자리에 오르세요.]

[보상으로 경험치가 300% 증가합니다.]

[퀘스트를 완료하셨습니다!]

[퀘스트 내용: FIFA 발롱도르를 수상하세요.]

[보상으로 경험치가 500% 증가합니다.]

[퀘스트를 완료하셨습니다!]

[퀘스트 내용: 만 20세 이하의 나이에 FIFA 발롱도르를 수상하세요.]

[보상으로 경험치가 300% 증가합니다.]

[퀘스트를 완료하셨······.]

······.

[레벨이 올랐습니다!]

[레벨이 올랐습니다!]

[레벨이 올랐습니다!]

……

"…와!"

엄청난 경험치를 받았다.

당연하게도 레벨도 굉장히 많이 올랐다.

이렇게 많은 양의 경험치를 한 번에 받은 건 처음이었다.

"…역시 발롱도르는 특별하다는 건가?"

이민혁은 커진 눈으로 레벨업 메시지의 개수를 셌다.

무려 15개였다.

즉, 레벨 15개가 단번에 오른 것이었다.

"당황스럽네."

이민혁이 씨익 웃으며 상태 창을 바라봤다.

쌓인 스탯 포인트는 무려 30개였다.

게다가 새로운 스킬도 얻었다.

[레벨 220을 달성하셨습니다!]

[스킬이 지급됩니다.]

['높은 점프력'을 습득하셨습니다.]

높은 점프력 스킬.

이름만 보면 그다지 좋다는 느낌이 들지 않았다.

정보를 확인해도 마찬가지였다.

[높은 점프력]

유형: 패시브

효과: 점프력이 대폭 상승합니다.

하지만.

"이거 좋은데? 분명히 도움이 될 거야."

이민혁은 '높은 점프력' 스킬이 좋은 효과를 가져다 줄 거라고 확신했다.

이어서 모든 메시지를 확인한 지금.

'받은 건 바로 써 줘야지.'

이민혁은 30개의 스탯 포인트를 사용해 능력치를 올렸다.

[스탯 포인트 13을 사용하셨습니다.]

[헤딩 능력치가 13 상승합니다.]

[현재 헤딩 능력치는 100입니다.]

[스탯 포인트 7을 사용하셨습니다.]

[슈팅 능력치가 7 상승합니다.]

[현재 슈팅 능력치는 127입니다.]

[스탯 포인트 10을 사용하셨습니다.]

[몸싸움 능력치가 10 상승합니다.]

[현재 몸싸움 능력치는 115입니다.]

현재 레벨은 225.

헤딩에 꾸준히 스탯 포인트를 투자해 온 결과 드디어 헤딩 능력치가 100이 됐다.

더불어 슈팅 능력치와 몸싸움 능력이 크게 상승했다.

이러한 수치적 변화는 실력에 변화를 줄 것이 분명했기에, 이민혁은 만족스러운 얼굴로 고개를 끄덕였다.

"아주 좋아."

특히, 100으로 오른 헤딩 능력은 새로 얻은 '높은 점프력' 스킬과 좋은 시너지효과를 낼 것이라는 생각도 들었다.

그리고 며칠 뒤, 이런 이민혁의 생각을 확인해 볼 기회가 생겼다.

＊　　　　＊　　　　＊

최근 들어 전 세계 축구 팬들이 가장 관심을 보내는 선수는 당연히 발롱도르를 수상한 이민혁이었다.

ㄴ리버풀 경기 언제 하냐? 왜 이렇게 늦게 하는 느낌이자?

ㄴ역시 이민혁은 선발이네.

ㄴ발롱도르 받은 선수가 선발이 아니면 말이 안 되지.

ㄴ이민혁이 몇 골이나 넣어 줄까?

ㄴ이민혁 발롱도르 받고 난 이후에 첫 경기네. 이번엔 어떤 플

레이를 보여 주려나?

전 세계 축구 팬들은 잔뜩 흥분한 채로 이민혁의 경기를 기다렸다.

이들이 흥분한 데에는 이민혁이 선발로 나오는 경기이기 때문이기도 했지만, 또 다른 이유도 있었다.

「리버풀, 아스널 잡고 연승 이어 갈까?」

2015/16 프리미어리그 21라운드에서 이민혁이 만나게 될 팀이 강팀 아스널이라는 것이 바로 그 이유였다.

ㄴ이민혁이 아스널을 상대로는 어떻게 하려나? 최근의 아스널은 분위기가 좋던데, 다른 경기 때처럼 잘할 수 있겠지?

ㄴ이민혁이 못한 경기가 있냐? 이민혁 경기는 그냥 믿고 보면 돼. 겨우 20세의 나이에 발롱도르를 받은 위대한 선수를 의심하면 안 되지.

ㄴ아스널의 팬들이 끔찍한 경험을 하게 되겠지. 다른 팀 팬들이 그랬던 것처럼.

ㄴ엥? 벌써 잊은 거야? 아스널은 이미 시즌 초에 이민혁한테 털린 적이 있잖아. 아마… 리버풀의 세 번째 경기였나?

ㄴ리버풀이 이번엔 얼마나 잔인하게 아스널을 무너뜨릴까? 이민혁은 아마 3골쯤 넣겠지? 어시스트도 2개 정도 기록하겠고.

ㄴ흐흐! 리버풀의 팬이라서 행복하군. 아스널전도 우리가 이기

겠지만, 그래도 재밌겠어. 아스널은 강한 팀이니까.

이처럼 축구 팬들이 기대하는 이 경기는.

삐이이이익!

지금, 주심의 휘슬 소리와 함께 시작됐다.

─최근 리버풀의 분위기가 아주 좋죠?

─예, 그렇습니다. 최근에 10연승을 이어 가고 있기 때문이죠. 리버풀은 오늘 경기에서 승리하면 11연승을 기록하게 됩니다. 게다가 얼마 전에 리버풀의 이민혁 선수가 발롱도르와 푸스카스상을 받았기 때문에 팀의 분위기는 더욱 좋아졌을 겁니다. 아! 깜빡하고 말씀드리지 못했는데, 이민혁 선수는 2015 FIFA 월드베스트 11에도 이름을 올렸습니다.

─현시점 세계 최고의 선수를 품고 있는 리버풀이기 때문에, 패배는 조금도 생각하고 있지 않을 것 같습니다!

─실제로 리버풀의 위르겐 클롭 감독이 최근 인터뷰에서 이번 시즌 프리미어리그 우승에 대한 자신감을 드러내기도 했었죠.

리버풀은 경기 초반부터 자신감 있는 움직임을 펼쳤다.

선수들은 부지런하게 뛰어다니며 공간을 만들고, 빠르게 패스를 주고받았다.

아스널은 지역방어를 펼치며 침착하게 대응했지만, 아예 흔들리지 않을 수는 없었다.

이민혁이 이끄는 리버풀의 공세가 너무나도 날카로웠으니까.

―이민혁입니다! 이민혁이 두 명을 제쳐 냅니다! 이야~! 두 명을 상대로도 밀리지 않는 괴물 같은 피지컬! 역시 이민혁답습니다!

이민혁은 아스널 선수 두 명의 압박 정도는 어렵지 않게 이겨 냈다. 버텨 내는 게 아니라 정말 이겨 냈다.

그만큼 기술적으로나 피지컬적으로나 전부 강력한 이민혁이 었다.

―아스널이 흔들립니다! 이민혁을 막는 데에 너무 많은 힘을 쓰고 있어요!

이민혁이 아스널 선수 2명을 끌고 다니자, 자연스레 아스널의 전술은 무너졌다. 이민혁이 2명을 끌고 다니다가 반대편으로 길 게 패스를 뿌려 주면 그대로 넓은 공간이 펼쳐졌다.

―애덤 럴라나가 공을 받습니다! 좋은 트래핑이죠! 그대로 달립 니다! 애덤 럴라나! 직접 해결하나요? 아! 패스입니다! 피르미누! 고 오오오오오올! 피르미누가 마무리합니다!

―리버풀의 공격이 불을 뿜습니다! 훌륭한 연계네요! 이민혁이 상대 선수들을 끌어낸 다음, 정확한 롱패스로 애덤 럴라나에게 연 결했고, 애덤 럴라나가 곧바로 피르미누에게 패스, 피르미누의 마

무리까지! 아스널이 완전히 당해 버렸습니다!

전반 11분에 터진 골.

아스널로선 급해질 수밖에 없는 상황이 만들어졌다.

하지만 급한 마음과는 달리, 아스널은 공격을 적극적으로 전개하지 못했다.

공격에 많은 힘을 쏟기엔 리버풀이 주도권을 가져가고 있었고, 리버풀의 역습도 너무 날카로웠기 때문이었다.

―이민혁이 돌파를 시도합… 아! 크로스네요! 이민혁이 찬 공이 나초 몬레알의 몸에 맞고 나갑니다! 코너킥이 선언됩니다!

―어? 이민혁 선수가 코너킥을 차지 않네요? 원래라면 이민혁 선수가 코너킥을 전담했을 텐데… 애덤 럴라나 선수가 코너킥을 준비하네요.

―이민혁 선수도 페널티박스 안에서 공중볼 경합을 준비하고 있습니다.

아스널과의 경기가 펼쳐지기 며칠 전, 이민혁은 위르겐 클롭 감독을 찾아가 생각을 전했다.

'감독님, 저도 코너킥 상황에서 공중볼 경합에 참여하고 싶습니다.'

'응? 자네… 좋은 생각이라도 있는 거야?'

'좋은 생각이 아니라, 자신감이 생겼어요.'

'…자신감?'

'예. 공중볼 경합에서 이길 수 있다는 자신감이 생겼고, 이젠

머리로도 골을 노리고 싶어졌어요.'

'음… 그럼 우선 연습경기 때 확인해 보도록 하지.'

위르겐 클롭 감독과의 대화가 끝난 뒤, 이민혁은 연습경기에서 공중볼 경합 능력을 증명했다.

이전보다 훨씬 나아진 공중볼 경합 능력을 보이며, 위르겐 클롭 감독의 인정을 받았다.

그 결과로 아스널전이 펼쳐지고 있는 지금, 세트피스 상황에서 이민혁도 공중볼 경합에 참여하게 된 것이다.

그리고.

이민혁은 압도적인 점프력을 보여 주며 나초 몬레알과의 경합에서 승리했고, 머리로 방향을 바꾼 공은 아스널의 골 망을 흔들었다.

철렁!

─우오오오옷! 이민혁입니다아아! 엄청난 헤더! 이민혁이 나초 몬레알과의 공중볼 경합에서 완전히 압도하며 헤딩골을 집어넣었습니다!

─골을 넣은 것도 대단한 일이지만, 방금 이민혁 선수의 점프력이 더 놀랍네요! 방금 보여 준 점프력이면 농구선수라고 해도 믿을 정도 아니었습니까?

─하하! 맞습니다. 느린 화면으로 다시 보시죠. 애덤 럴라나가 찬 코너킥을… 우옷?! 이민혁이 엄청난 점프를 보여 주며 머리를 가져다 대네요! 느리게 보니까 더 확실하게 알 수 있습니다! 이민혁의 점프력이… 정말 대단하네요!

이민혁은 헤딩골을 넣은 이후에도 틈만 나면 아스널의 페널티 박스 안에 침투하며 동료의 크로스를 받으려는 시도를 이어 갔다.

*   *   *

아스널이 이민혁의 헤딩을 경계하기 시작했다.

이건 아스널의 예상엔 없던 일이었다. 유일하게 헤딩 능력이 좋지 못한 이민혁이었는데, 갑자기 공중볼 능력까지 좋아지다니!

더 놀라운 건 전반 38분에 터진 이민혁의 추가골이었다.

ㅡ우오오오?! 이민혁의 골입니다!
ㅡ놀랍습니다! 이민혁이 페어 메르테자커와의 공중볼 경합에서 이겨 내네요!

페어 메르테자커가 누구던가.

2m에 가까운 장신 센터백이었다.

183cm인 선수가 페어 메르테자커와 같은 장신 센터백과의 공중볼 경합에서 이기려면 압도적인 점프력과 좋은 위치선정 능력이 있어야만 가능한데.

이민혁은 그걸 해냈다.

[높은 점프력]
유형: 패시브

효과: 점프력이 대폭 상승합니다.

최근에 100이 된 헤딩 능력치와, 역시나 최근에 얻은 '높은 점프력' 스킬이 그걸 가능하게 만들어 줬다.

―이민혁 선수가 헤딩으로 2골을 넣는 날도 오네요?
―공중볼을 따내는 능력이 확실히 좋아졌습니다. 점프력도 마찬가지고요. 우리가 알던 이민혁 선수는 헤딩에서 강점을 보이는 선수는 아니었는데, 이젠 그런 말을 할 수가 없을 것 같습니다! 허허! 이민혁 선수가 얼마나 노력을 해 왔던 건지, 감히 상상할 수도 없네요!

이민혁의 컨디션은 아주 좋았다.
그걸 증명하듯 전반전이 끝나기도 전에 해트트릭을 기록해 냈다.
또다시 머리로 넣은 골이었다.

―들어갔습니다! 이민혁입니다! 피르미누가 찍어 차 준 공을 머리로 받아 넣었습니다!
―이게 뭔가요? 이민혁 선수가 오늘은 머리로만 골을 넣기로 작정을 한 걸까요? 발롱도르를 받은 이민혁 선수가 우리에게 놀라움을 주고 있습니다!

전반전에 기록한 해트트릭.
그것도 머리로만 기록한 해트트릭.

그 사실에 리버풀의 팬들은 뜨겁게 열광했다.

"으하하핫! 이민혁은 하고 싶은 걸 모두 할 수 있는 녀석이었어! 어떤 멍청한 녀석들이 이민혁보고 헤딩 못한 댔냐?"

"머리로 해트트릭이라니……! 이민혁은 나를 얼마나 더 놀라게 할 생각이지?!"

"아스널을 머리만으로 죽여 놓는군! 역시 세계 최고의 선수다워!"

"전반전에만 3골을 넣었네? 그것도 아스널을 상대로? 흐흐흐! 이봐, 이민혁! 후반전엔 몇 골이나 넣을 생각이야?"

리버풀의 팬들은 잔뜩 흥분한 채, 이민혁의 이름이 들어간 노래를 불러 댔다.

TV 앞에 앉아 있던 전 세계 축구 팬들도 이민혁의 경기력에 경악하며 집중력을 높였다.

그리고.

전반전이 끝나기 바로 직전.

이민혁은 경기를 지켜보던 모든 사람을 또다시 경악하게 만들었다.

─이, 이게 무슨……?!

─허허… 눈으로 보고도 믿을 수가 없는 장면이네요……!

Chapter. 5

전반전이 끝나기 전.

측면에서 공을 잡은 이민혁은 잠시 멈춰 섰다. 앞을 막아선 아스널의 풀백 나초 몬레알의 움직임을 주시하며 천천히 전진했다. 나초 몬레알이 자세를 낮추고 뒷걸음질을 쳤다. 신중한 수비였다.

이때 이민혁은 측면으로 파고드는 동료, 나다니엘 클라인에게 공을 툭 밀어 줬다.

리버풀의 오른쪽 풀백 나다니엘 클라인은 빠른 스피드를 이용한 오버래핑이 좋은 선수.

동료의 장점을 훤히 알고 있는데, 공을 주지 않을 이유가 없었다.

툭!

공을 잡은 나다니엘 클라인이 자신감 있게 치고 나갔다. 하지만 아쉽게도 빠르게 백업을 온 아스널의 미드필더 마티외 플라미니의 태클에 막혀 버렸다.

─리버풀의 스로인이네요. 어? 이민혁 선수가 스로인을 하나요?

해설들이 놀라움을 드러냈다.

아스널의 오른쪽 측면에서 스로인을 하기 위해 공을 잡은 선수가 이민혁이었으니까.

이민혁은 지금까지 스로인하는 모습을 보여 준 적이 거의 없었으니까.

게다가.

리버풀 선수들은 당연하다는 듯, 아스널의 페널티박스 안으로 모여들었다.

─리버풀 선수들이 페널티박스 안에 모이네요……? 아무래도 무언가를 하려는 것 같죠……?

이처럼 익숙하지 않은 장면에 경기장에 있던 팬들도 해설들과 비슷한 반응을 보일 수밖에 없었다.

"엥? 이민혁이 직접 스로인을 한다고? 갑자기?"

"이민혁이 스로인을 하는 건 처음 보네. 어차피 전반전 끝날 시간이 돼서 대충 하려는 건가? 아니, 근데 다른 선수들 움직임을 보면 대충 하려는 것 같지도 않아. 다들 뭔가를 노리고 있는 것 같잖아?"

"이민혁이 이번엔 어떤 걸 보여 주려는 걸까……?"

그때였다.

이민혁은 양손으로 공을 잡은 뒤, 뒷걸음질을 쳤다.

최대한 거리를 벌린 다음 빠르게 뛰어나가며 공을 강하게 던졌다.

목표는 아스널의 페널티박스.

그곳에 있는 동료들의 머리였다.

물론 목표가 그렇다는 거지, 성공하는 것은 다른 난이도였다.

우선 이민혁의 위치에서 페널티박스까지 공을 던지는 것 자체가 어려운 일이었다.

더군다나 원하는 곳으로 정확히 공을 던지는 건 더 어려운 일이다.

그런데.

이민혁은 그것들을 해냈다.

그가 던진 공이 놀랍도록 강하고 정확하게 아스널의 페널티박스 안으로 날아갔다.

―이, 이게 무슨……?!

―허허… 눈으로 보고도 믿을 수가 없는 장면이네요……!

스로인 상황에서 페널티박스 안으로 빠르게 던져진 공을 보며.

아스널 선수들은 당황하며 어수선한 모습을 보였다.

"뭐, 뭐야?! 자리 잘 잡아!"

"맨마킹 놓치지 마!"

"집중해! 방심하지 마!"

스로인 상황에서 페널티박스 안으로 직접 공을 연결하는 것.

이건 프리미어리그에서 가끔 경험할 수 있는 상황이었다.

때문에, 아스널 선수들은 이민혁과 리버풀의 움직임을 예상은 하고 있었다.

그럼에도 당황한 이유는 이 정도로 위협적일 줄은 몰랐기 때문이었다.

쉬이이익!

아스널 선수들은 자신들의 예상보다 훨씬 더 빠르고 정확하게 날아오는 공을 보며 당황했고.

이미 훈련 때 몇 번 겪어 봤기에 당황하지 않은 리버풀 선수들은 빠르게 반응했다.

특히, 리버풀의 공격수 피르미누는 날아오는 공을 머리에 맞히는 것에 성공했다.

티익!

순간적으로 방향을 바꾸는 헤딩.

공은 너무나도 쉽게 아스널의 골 망을 흔들었다.

─고오오오오오오올! 리버풀이 또다시 득점합니다! 호베르투 피르미누입니다!

*　　　　*　　　　*

피르미누의 골이 터진 직후.

전 세계 축구 팬들은 경악했다.

이민혁이 보여 준 스로인 때문이었다.

┗미친! 이민혁 스로인 저거 어떻게 된 거야?! 지게 무슨 로리 델랍이야 뭐야?

┗이민혁이 언제부터 델랍 같은 스로인을 할 수 있게 된 거지? 로리 델랍이야 창던지기 선수 출신이니까 가능한 거고, 이민혁은 그것도 아니잖아?

┗이민혁의 어깨 힘이 저렇게 셌어? 로리 델랍이랑 거의 비슷한 수준의 스로인이잖아? 아니, 정확도는 더 높은 것 같기도 하고? 피르미누의 머리에 정확히 던져 버렸으니까.

┗메르데자커를 이길 정도로 헤딩 능력이 좋아지더니, 이젠 스로인까지 잘한다고? 이민혁은 도대체 못 하는 게 뭐야? 진짜 축구의 신이라도 되는 거야?

┗하하… 이민혁의 재능은 얼마나 대단한 거야? 이제는 스로인으로도 공격포인트를 기록하네.

┗이민혁이 최근에 보여 주던 몸싸움 능력을 보면 저런 어깨 힘도 이해는 돼.

┗이민혁은 정말… 영화에서 나올 법한 선수야.

현재 스코어 5 대 0.

아스널 선수들이 고개를 푹 숙였다.

삐이이이익!

전반전이 끝났다는 걸 알리는 휘슬 소리.
아스널 선수들에겐 너무나도 듣기 싫은 소리였다.

삐이이이익!

후반전이 시작되면서 아스널이 공격적으로 나오기 시작했다.
아스널의 공격은 효과적이었다.
이번 시즌 아스널의 화력은 강한 편이었고, 리버풀의 수비는
불안한 편이었으니까.

─아! 리버풀의 수비가 흔들립니다! 메수트 외질! 시오 월컷에게
공을 찔러 줍니다! 날카로운 패스입니다! 시오 월컷, 좋은 드리블입
니다! 올리비에 지루에게 밀어 줍니다! 올리비에 지루! 고오오오오
올!

─미뇰레 골키퍼가 몸을 날려 봤지만, 올리비에 지루의 슛이 너
무 강력했습니다! 올리비에 지루, 별로 좋아하지 않네요. 아직 리
버풀과의 점수 차가 많이 나기 때문이겠죠?

─맞습니다. 아스널이 한 골을 넣으며 따라가려고 노력하고 있
긴 하지만, 스코어는 아직도 5 대 1이거든요! 아스널은 남은 시간
동안 더욱 분발해야 합니다.

아스널은 리버풀을 강하게 몰아붙였다.

한 골을 넣은 경험을 토대로 또다시 골을 넣으려고 했다. 이 때, 리버풀의 수비는 또다시 흔들리며 골을 내줬다.

─올리비에 지루! 두 번째 골을 터뜨립니다!

이제 스코어는 5 대 2가 되었고, 경기장의 분위기가 바뀌었다.

아스널이 또다시 골을 넣을 것 같은 분위기가 만들어졌다.

이처럼 흐름이 바뀐 상황에서, 리버풀 선수들은 조금은 움츠러든 채로 수비에 치중했다.

위르겐 클롭 감독도 수비 능력이 좋은 선수를 교체로 투입 시키며 수비를 강화하려고 했다.

─아스널의 공격이 매섭습니다! 리버풀 선수들이 힘겹게 막아 내고 있긴 하지만 불안하네요.

자신감이 붙은 아스널 선수들이 신을 내기 시작했다.

과감하게 드리블을 하고, 중거리 슈팅을 뻥뻥 때려 대며 골을 노렸다.

그러나, 아스널 선수들은 너무 신을 내다 보니 생각보다 더 높게 라인을 올렸다.

─올리비에 지루, 수비수의 등을 지고 몸을 돌리려고 합니다. 하

지만 콜로 투레가 올리비에 지루의 의도를 완벽하게 눈치챈 것 같죠? 아! 콜로 투레가 공을 빼냅니다!

콜로 투레의 수비는 좋았다.

피지컬이 좋은 올리비에 지루의 움직임을 미리 예상하며 영리하게 공을 빼냈고, 재빨리 측면 풀백에게 공을 넘겼다.

―혼전 상황입니다! 알베르토 모레노가 공을 잡습니다. 알베르토 모레노, 엠레 찬에게 패스합니다.

공을 잡은 리버풀의 미드필더 엠레 찬이 전방을 향해 공을 길게 뿌려 냈다. 프리미어리그의 강팀 리버풀에서 주전을 차지할 정도로 실력자인 엠레 찬이었기에, 공을 받기 전부터 이미 동료들의 움직임을 파악하고 있었다.

쉬이이이익!

공이 강하게 쏘아졌다.

엠레 찬이 의도했던 것보다 더 길게 뿌려진 패스였다. 하지만 엠레 찬은 아쉬워하지 않았다.

공을 받기 위해 달리는 선수가 이민혁이었으니까.

―이민혁이 엄청난 스피드로 달립니다!

마음먹고 달리는 이민혁의 스피드는 아스널의 수비수들이 감당할 수 있는 수준이 아니었다.

유일하게 엑토르 베예린이 이민혁을 쫓을 수 있는 스피드를 지녔지만, 이민혁과의 거리가 너무 멀었다.

휘익! 툭!

이민혁은 빠르게 달리는 상황에서 발을 뻗어 공을 받아 냈다. 이런 상황은 이민혁에게 익숙했고, 너무나도 편했다.

공을 받으면서도 몸의 중심을 유지했고, 다시 스피드를 높여 뛰어나갔다. 상대 골키퍼가 달려오는 게 보였다.

이민혁은 곧바로 공의 밑부분을 툭 차올렸다.

―오오오오오! 이민혁! 칩슛입니다!

조금의 실수도 없는 칩슛이었고.

공은 튀어나온 골키퍼의 키를 넘어 아스널의 골대 안으로 날아갔다.

―고오오오오오올!

이민혁이 아스널과의 경기에서 네 번째 골을 터뜨렸다.

*   *   *

「리버풀, 아스널과의 경기에서 6 대 2 대승! 불안한 수비는 아쉬웠지만, 이민혁이 이끄는 리버풀의 화력은 아스널을 압도했다.」

「리버풀 vs 아스널은 이민혁의 원맨쇼였다. 이민혁, 아스널전에서 평소와는 다른 모습을 보여 주며 팬들을 열광시켜!」

「축구황제 이민혁, 3개의 헤딩골과 스로인 어시스트 보여 주며 전 세계를 놀라게 해.」

「이민혁, 아스널전 4골 1어시스트 기록하며 압도적인 리그 득점왕, 도움왕 페이스 이어 가!」

이민혁의 활약상이 돋보인 아스널전.

이 승리 이후에도 이민혁의 활약은 계속 이어졌다.

「리버풀, 지난 5라운드에 이어서 또다시 맨체스터 유나이티드를 무너뜨려!」

「이민혁 5개의 공격포인트 기록하며 맨체스터 유나이티드에게 굴욕 안겨.」

「리버풀, 맨체스터 유나이티드와의 경기에서 5 대 1 승리!」

「이민혁, 맨체스터 유나이티드 상대로 2골 3어시스트 기록하며 팀의 승리 이끌어!」

맨체스터 유나이티드를 상대로도 5개의 공격포인트를 기록하며 압도적인 실력을 펼쳤고.

「리버풀, 레스터시티 상대로 3 대 2 승리!」

「이민혁, 2골 1어시스트 기록하며 위기에 빠진 팀을 구해 내.」

올 시즌 돌풍을 일으키며 리그 승점 2위를 기록하고 있는 레스터시티를 상대로도 동점골과 역전골을 넣는 활약을 펼쳤다.

"겨우 이겼네."

이민혁이 이마에 흐르는 땀을 닦아 내며 상대 선수들을 바라봤다.

파란색 유니폼을 입은 레스터시티 선수들.

저들은 오늘 굉장한 경기력을 보여 줬다.

기술적이라기보단 열정과 투지가 대단했다. 절대로 지지 않겠다는 강한 기세를 뿜어내는 상대였기에, 더욱 어려운 경기였다.

레스터시티는 수비도 단단했다.

오늘이 축구선수로서의 마지막 날인 것처럼 끝까지 포기하지 않는 레스터시티의 수비수들은 뚫어 내기 힘들 수밖에 없었다.

이처럼 힘든 경기를 펼쳤지만.

[퀘스트를 완료하셨…….]

…….

…….

[레벨이 올랐습니다!]

그만큼 보상은 달콤했다.

"오랜만에 레벨이 올랐네."

각종 메시지에 이어서 떠오른 레벨업 메시지를 본 이민혁은 바로 스탯 포인트를 사용했다.

[스탯 포인트 2를 사용하셨습니다.]
[패스 능력치가 2 상승합니다.]
[현재 패스 능력치는 93입니다.]

레스터시티와의 경기에서도 승리하며 기세 좋게 연승을 이어 가던 리버풀이었다.

하지만 점점 흔들리는 모습을 보였다.

「리버풀, 노리치 시티와 접전 끝에 4 대 3 승리!」
「불안한 리버풀의 수비, 위르겐 클롭 감독의 고민 깊어지나.」
「리버풀, 선덜랜드와 2 대 2 무승부 기록하며 연승 끊겨.」
「리버풀의 팬들, 허탈하게 2골 내준 수비수들에게 강한 질타!」

그럴 수밖에 없었다.

선수들의 체력이 떨어지는 시기가 다가왔기 때문이었다.

더구나 로테이션을 돌릴 때마다 벌어지는 조직력 문제, 주전이 아닌 선수들의 잦은 실수들은 팀을 위기에 빠뜨렸다.

또한, 엎친 데 덮친 격으로 리버풀의 일정이 더욱 바빠졌다.

「리버풀, 유로파리그에서도 연승 이어 갈 수 있을까?」

UEFA 유로파리그.

UEFA 챔피언스리그만큼의 규모를 지닌 대회는 아니었지만, 그다음으로 큰 대회였다.

챔피언스리그 본선 진출에 실패한 리버풀로선 꼭 높은 곳까지 올라가야만 하는 대회였다.

팬들 역시 리버풀이 우승으로 자존심을 회복하길 바라고 있었다.

물론 상황은 쉽지 않았다.

떨어져 가는 선수들의 체력, 날이 갈수록 더 불안해지는 수비력이 약점으로 자리 잡았고.

상대는 그런 리버풀의 약점을 물어뜯을 준비를 하고 있을 테니까.

"다들 힘든 거 안다. 그럼에도 잘해 오고 있어서 자랑스럽다. 너희는 정말 멋진 놈들이다. 자! 멋진 녀석들아 유로파 우승하러 가 보자!"

위르겐 클롭 감독은 선수들을 한 명씩 전부 다 강하게 끌어안으며 힘을 불어넣어 줬다.

리버풀 선수들이 강렬한 눈빛을 한 채, 경기장을 향해 걸어 나갔다.

곧 펼쳐질 유로파리그 32강전.

이곳에서 리버풀이 만난 상대는.

분데스리가의 FC 아우크스부르크였다.

*   *   *

유로파리그 32강, 그곳에서 리버풀이 만나게 된 팀은 분데스리가의 FC 아우크스부르크였다.

―양 팀 선수들이 입장합니다!

―리버풀과 아우크스부르크가 만나게 됐습니다! 정말 유로파리그이기 때문에 볼 수 있는 재밌는 경기네요.

―맞습니다. 아무래도 오늘 경기를 더 재미있게 볼 수 있는 이유는 아우크스부르크가 이민혁 선수에게 낯설지 않은 상대라는 것이겠죠?

―하하! 그렇죠. 이민혁 선수는 분데스리가의 바이에른 뮌헨에서 뛰었었고, 분데스리가에서 우승한 경험도 있으니까요. 게다가 현재 리버풀의 감독인 위르겐 클롭도 도르트문트에서 감독직을 오래 맡았었죠. 이런 이유로 인해서 리버풀이 아우크스부르크를 상대로 좋은 모습을 보일 것이라는 의견이 지배적입니다.

경기가 시작되려는 지금.

"하하!"

오른쪽 측면에 서 있던 이민혁이 웃음을 터뜨렸다.

조금 전에 있었던 일이 생각났기 때문이었다.

'오랜만에 형들을 보니까 되게 반갑네.'

상대 팀인 아우크스부르크엔 친분이 있는 선수들이 있었다.

2014 FIFA 월드컵에서 우승했을 때 함께했던 구지철과 지동운이었다.

이민혁은 그들을 보자마자 반갑게 인사하며 다가갔고, 그들역시 기다렸다는 듯 이민혁을 반겼다.

대화의 내용은 특별하지 않았다.

오늘 컨디션 어떠냐, 요즘 왜 그렇게 잘하냐? 같은 대화들.

안부는 평소에도 연락하며 물어 왔기에 따로 묻지 않았고, 주로 간단한 대화였지만 타지에 나와서 사는 이민혁에겐 그것만으로도 즐거웠다.

'한국에 가게 되면 꼭 형들이랑 밥 한 끼 해야겠어.'

잠깐 나눈 대화도 즐거웠는데, 따로 시간을 내서 만나면 얼마나 재밌을까.

그런 생각을 하던 이민혁의 눈에 휘슬을 입으로 가져가는 주심의 모습이 보였다.

그 순간, 이민혁의 눈빛이 변했다.

'우선 경기부터 잘 치르고 생각하자.'

다른 생각은 미뤄 두고 집중해야 했다.

친분과 경기는 별개의 이야기였으니까.

*   *   *

지동운과 구지철이 선발로 출전한 아우크스부르크는 현재 프리미어리그 1위를 달리고 있는 리버풀을 상대로 좋은 모습을 보였다.

전반전 내내 몸을 날려 가며 리버풀의 공격을 틀어막는 모습은 팬들의 감탄을 자아냈다.

─이야! 이걸 또 막나요?! 이민혁의 슈팅을 라그나르 클라반이 몸으로 막아 냅니다! 오늘 아우크스부르크 선수들의 투지가 대단

합니다!

─리버풀의 날카로운 공격들을 아우크스부르크가 전부 막아 내고 있네요! 허허! 아우크스부르크의 수비가 이렇게 좋았나요?

리버풀 선수들의 얼굴에 당황한 감정이 떠올랐다.

그럴 수밖에 없었다.

벌써 좋은 공격 기회만 다섯 번이 막혔으니까.

평소라면 다섯 번 모두 골이 됐을 기회들이었으니까.

"다들 당황하지 마요! 기회는 다시 만들면 되고 시간도 많아요!"

이민혁의 목소리가 경기장에 울려 퍼졌다.

그제야 흔들리던 리버풀 선수들의 눈빛이 안정을 되찾았다.

'그래! 그래도 경기력은 우리가 압도하고 있잖아? 이렇게 계속 공격을 시도하다 보면 상대도 결국 뚫리게 되어 있어.'

'민혁의 말이 맞아. 당황할 필요 없어.'

'침착하게 하자. 침착하게. 어차피 한 골만 넣으면 상대는 무너질 거야. 게다가 우리한텐 이민혁이 있잖아? 저 친구에게 공을 주면 어떻게든 해 줄 거야.'

'아우크스부르크가 분명 대단한 투지를 보여 주고 있기는 하지만, 이민혁이 있으니까 최소한 지진 않겠지.'

삐이이이익!

이어서 후반전이 시작됐다.

워낙 바쁜 일정을 치러 오던 리버풀 선수들의 얼굴엔 지친 기색이 드러났다. 하지만 눈빛은 살아 있었다.

체력이 많이 떨어졌음에도 리버풀 선수들은 패배를 생각하지 않았다.

팀의 에이스인 이민혁과 팀의 감독인 위르겐 클롭을 향한 믿음 때문이었다.

후반전이 시작되자 아우크스부르크가 잔뜩 웅크렸던 것을 멈추고 적극적인 공격을 펼치기 시작했다.

─구지철의 패스! 지동운이 측면에서 공을 받습니다! 지동운, 다시 옆으로 공을 넘깁니다!

─아우크스부르크의 공격 템포가 굉장히 빠르네요! 리버풀이 잘 대비를 해야겠습니다!

지난 시즌부터 리버풀의 수비는 견고한 편이 아니었고, 위르겐 클롭 감독이 부임한 이후로도 수비가 좋다는 소리는 못 들어왔다.

더구나 지금은 체력도 떨어진 상태.

리버풀의 수비진은 비교적 체력이 쌩쌩한 아우크스부르크의 공격에 힘겨워했다.

다만, 의지가 강한 리버풀 수비진은 어떻게든 상대의 공격을 막아 냈다.

피르미누를 제외한 공격진도 수비를 도와 아우크스부르크의 공격을 막았다.

—이민혁의 태클! 이야아! 이민혁이 지동운의 공을 뺏어 냅니다! 와! 굉장한 태클입니다!

—리버풀의 역습이 시작됩니다!

이민혁의 슬라이딩태클이 빛났다.

지동운의 공을 단숨에 뺏어 냈고, 최전방에 있는 피르미누에게 공을 연결했다.

그걸로도 모자라 이민혁은 전방을 향해 전속력으로 튀어 나갔다. 곧 수비수의 견제를 받게 될 피르미누를 돕기 위해서였다.

이민혁이 리버풀의 수비진에서 상대의 수비진에 도착하는 시간은 매우 짧았다.

전 세계에서 가장 빠른 축구선수 중 하나이기에 가능한 일.

아우크스부르크의 수비수들은 피르미누를 막으려다가 이민혁을 향해 몸을 틀었다.

덕분에 피르미누는 좀 더 편하게 공을 몰고 전진할 수가 있었다.

—피르미누가 전진합니다!

피르미누는 제법 빠른 속도로 공을 치고 나갔다. 다만, 수비수 하나와 어깨싸움을 하며 전진하고 있었기에 힘겨워하고 있었다.

피르미누는 뛰어난 장점들이 있는 선수지만, 아쉽게도 상대 수비수를 완벽하게 벗겨 낼 스피드는 없었다.

다만, 피르미누는 시야가 넓고 영리한 선수.

압도적인 스피드로 달려 들어오는 이민혁을 향해 공을 툭 밀어 줬다.

―이민혁이 공을 받습니다!

이민혁이 공을 잡은 지금, 수비수 두 명이 달려들었다.
이때, 이민혁은 뒤꿈치로 공을 차올리며 튀어 나갔다.

―레인보우 플릭입니다! 이민혁이 화려한 드리블로 아우크스부
르크 선수 두 명을 제쳐 냅니다! 굉장합니다!

이민혁이 실전에서 나오기 힘든 기술인 레인보우 플릭을 손쉽
게 사용하며 상대 선수 두 명을 제쳐 낸 지금.
경기장엔 환호성이 터져 나왔다.
"우와아아아! 역시 이민혁이야!"
"미쳤군! 정말 미쳤어!"
"크하하핫! 레인보우 플릭이라니! 상대 수비수들을 가지고 노
는구나!"
심지어 아우크스부르크를 응원하던 팬들조차 본능적으로 튀
어나오는 감탄을 참아내지 못했다.
"우옷?! 헙……!"
"우우오오오! 저게 뭐야! 무슨 드리블이……!"
"미친! 우리 수비수들을 그냥 발라 버렸잖아?"
"젠장! 너무 멋지잖아?"
감탄하던 아우크스부르크 팬들은 다급하게 입을 틀어막았지

만, 그 시간은 오래가지 못했다.

이들은 다시 감탄을 터뜨리고 말았다.

툭! 툭!

화려한 플레이를 보여 준 이민혁은 다시 침착하게 공을 몰고 전진했다. 그 속도는 상대 수비수들이 대처하기 힘들 정도로 빨랐다.

이미 두 명을 제쳐 낸 이민혁의 앞엔 수비수 하나와 골키퍼만이 존재했다.

이민혁은 망설임 없이 남은 수비수 하나를 향해 공을 몰고 접근했다. 상대 수비수가 강하게 몸싸움을 걸어왔다. 이민혁은 무조건 이긴다는 확신을 지닌 채 돌파를 시도했다. 왼쪽으로 빠져나갈 것처럼 페인팅을 준 이후에 오른쪽으로 튀어 나가는 드리블.

그 움직임으로 이민혁은 마지막 남은 수비수마저 무너뜨렸다.

―이민혁이 전부 돌파해 냅니다! 골키퍼와의 일대일 상황!

이민혁의 시선이 전방을 향했다.

아우크스부르크의 골키퍼는 튀어나오는 선택을 하지 않았다.

아니, 못 했다는 게 맞았다.

타이밍을 놓친 상대 골키퍼는 잔뜩 긴장한 얼굴로 얼어붙어 있었다.

이민혁은 적당하게 거리를 좁힌 뒤, 골대 구석을 향해 강한 슈팅을 때려 냈다.

퍼어엉!

골키퍼는 반응도 하지 못했다.

이 정도로 가까운 거리에서 반응하기엔 슈팅의 속도가 너무
빨랐다.

―들어갔습니다! 고오오오오오올! 우와아아아아! 이민혁의 원
더골이 터집니다! 이 정도면 또다시 푸스카스상을 노릴 수 있겠는
데요?

―충분하죠! 그 누구도 따라할 수 없는, 이민혁이니까 가능한 멋
진 골이었습니다!

* * *

이민혁의 골이 터지며 스코어가 1 대 0이 된 이후.

아우크스부르크는 더 적극적으로 골을 노릴 수밖에 없었고.

오히려 리버풀의 역습에 골을 허용하기 시작했다.

아슬아슬하게 버티던 아우크스부르크는 이민혁의 골을 시작
으로 완전히 무너져 버렸다.

「리버풀, 유로파리그 32강에서 아우크스부르크 제압!」

「이민혁, 아우크스부르크전 1골 2어시스트 기록하며 팀의 3 대 0 승
리 이끌어.」

「또다시 나온 이민혁의 스로인 어시스트! 온몸이 무기가 되어 버린
이민혁을 누가 막을 수 있을까?」

유로파리그 32강 1차전에서 승리한 이후, 리버풀은 프리미어 리그 26라운드에 펼쳐진 애스턴 빌라와의 경기에서도 승리했다.

컨디션 좋은 이민혁의 활약이 돋보였던 압도적인 대승이었다.

「리버풀, 애스턴 빌라전 8 대 0 대승! 이민혁, 애스턴 빌라에게 악몽을 선사하다!」

「이민혁, 5골, 2어시스트 폭발! 한 경기 7개의 공격포인트 기록해!」

한 경기에 무려 7개의 공격포인트를 기록한 것.

그것에 대한 보상은 확실했다.

[레벨이 올랐습니다!]

[레벨이 올랐습니다!]

2개의 레벨이 올랐고.

이민혁은 바로 스탯 포인트를 사용했다.

[스탯 포인트 4를 사용하셨습니다.]

[속도 능력치가 4 상승합니다.]

[현재 속도 능력치는 114입니다.]

리버풀 선수들은 여전히 지쳐 있었지만, 계속해서 좋은 경기력을 유지했다.

강인한 체력으로 동료들보다 훨씬 더 많이 뛰어 주고, 몸을 아끼지 않는 플레이로 팀의 분위기를 잡아주는 이민혁 덕이었다.

「리버풀, 아우크스부르크와의 32강 2차전에서도 승리! 분명 리버풀
은 지치고 느려졌지만, 여전히 강력했다.」
「이민혁, 아우크스부르크전 해트트릭 기록하며 팀의 3 대 2 승리 이
끌어!」

이처럼 힘든 상황에서도 팀을 이끌고 승리하며 유로파리그 16강
에 진출하자, 이민혁의 성장도 예상보다 더 빨라졌다.

[레벨이 올랐습니다!]

"팀의 경기력이 떨어진 게 도움이 되기도 하네."
이민혁은 씨익 웃으며 상태 창을 바라봤다.
압도적인 실력을 지닌 선수가 되려면 아직 갈 길이 멀다고 생
각하기에, 계속된 성장은 그에게 늘 만족감을 안겨 줬다.

[스탯 포인트 2를 사용하셨습니다.]
[슈팅 능력치가 2 상승합니다.]
[현재 슈팅 능력치는 129입니다.]

이런 상황에서.
이민혁은 아주 큰 만족감을 줄 상대를 만나게 됐다.
프리미어리그에서 만난 상대였다.

「리버풀, 맨체스터 시티 만난다. 지난 14라운드 때처럼 승리할 수 있을까?」

「맨체스터 시티, 리버풀전 복수 노린다! 화려한 스쿼드로 선발진 구성해.」

"하하!"

이민혁으로선 웃음이 나올 수밖에 없었다.

"맨체스터 시티라니, 레벨 좀 올릴 수 있겠는데?"

잘하면 아주 많은 경험치를 뽑아낼 수 있는 상대였으니까.

─양 팀 선수들이 입장합니다.

맨체스터 시티는 많은 돈을 써서 팀을 구성한 만큼, 화려한 네임 밸류를 자랑하고 있었다.

세르히오 아궤로, 라힘 스털링, 다비드 실바, 헤수스 나바스, 페르난도, 페르난지뉴, 파블로 사발레타, 뱅상 콤파니, 니콜라스 오타멘디, 가엘 클리시, 조 하트.

한 명도 빠짐없이 세계적인 수준이었고, 아주 유명한 선수들이었다.

보는 것만으로도 상대를 위축하게 만드는 맨체스터 시티의 선발진.

물론, 누군가에겐 그저 경험치로 보일 뿐이었다.

"빨리 시작했으면 좋겠다."

이민혁이 군침을 흘렸다.

*   *   *

─양 팀 선수들이 경기장에 입장합니다!

─맨체스터 시티 선수들이 오늘은 이를 갈고 나왔겠죠?

─예. 맨체스터 시티가 오늘만큼은 리버풀을 꼭 이기고 싶을 겁니다. 지난 14라운드에서 7 대 1로 대패한 기억이 있기 때문이죠. 게다가 맨체스터 시티로서는 오늘 이겨야만 리그 2위로 올라설 수 있게 되기 때문에 더욱 승점을 얻으려고 할 겁니다.

─치열한 경기가 될 거라는 말씀이시죠?

─맞습니다. 리버풀도 꼭 이기려고 할 겁니다. 실제로 이전에 위르겐 클롭 감독이 유로파리그 우승을 목표로 하고 있다는 인터뷰를 하기도 했었고요.

우와아아아아!

경기장에 쏟아지는 함성은 대단했다.

양 팀 모두 열성적인 팬들을 보유하고 있는 팀들다웠다.

그런 상황에서.

"언제 시작하려나?"

이민혁이 군침을 흘리며 주심과 상대 선수들을 번갈아 가며 바라봤다.

그는 진심으로 기대하고 있었다.

이 경기에서 받을 경험치를.

삐이이이익!

주심이 휘슬을 불었다.

"드디어 시작이네."

이민혁이 신난 얼굴로 움직였다. 그를 향해 피르미누가 공을 넘겨줬다. 이민혁은 시간을 끌지 않고 원터치로 조던 헨더슨에게 패스했다. 이어서 가만히 서 있지 않고 사이드에서 중앙으로 뛰어나갔다.

조던 헨더슨이 바로 롱패스를 뿌려 줬다.

이민혁을 향한 패스였다.

─어어? 리버풀이 시작부터 하나를 노려 보나요?

조던 헨더슨의 패스는 훌륭했다.

이민혁이 뛰어 들어가는 타이밍에 정확히 맞춰 줬다. 문제는 경기가 시작되자마자 나온 패스여서 상대 수비수들이 이미 자리를 잡고 있었다는 것이다.

퍼억!

맨체스터 시티의 센터백 뱅상 콤파니가 이민혁이 공을 잡는 걸 방해하기 위해 몸으로 부딪쳤다.

'윽……!'

이민혁이 잠깐이지만 휘청였다.

현재 115라는 높은 몸싸움 능력치를 지닌 그였지만, 뱅상 콤파니 역시 프리미어리그 내에서도 몸싸움이 매우 좋은 선수였다.

더구나 뱅상 콤파니는 몸싸움에 이골이 난 선수.

더 유리하게 몸싸움하는 법을 통달하고 있는 그였기에, 이민혁을 힘들게 만들었다.

'세게 나오는데?'

하지만 이민혁은 휘청이면서도 날아오는 공을 향해 다리를 뻗었다. 이민혁 역시 몸싸움이 강했고, 몸의 밸런스가 워낙 좋았기에 넘어지지 않고 공을 받아 낼 수 있었다.

─오오오! 이민혁이 공을 받아 냅니다!

이민혁의 터치는 좋았다. 더구나 센스도 넘쳤다. 왼쪽 어깨로는 뱅상 콤파니와 몸싸움을 하면서, 오른발로 공을 툭 건드려 힘을 줄였다. 빠르게 날아오던 공이 이민혁의 발에 맞고 바닥에 떨어졌다.

퉁!

바닥에 떨어진 공이 낮게 튀어 올랐다.

여전히 몸싸움 중이던 이민혁은 튀어 오른 공을 향해 오른발을 휘둘렀다. 뱅상 콤파니와의 몸싸움이 워낙 거칠었기에, 이민혁의 몸은 왼쪽으로 거의 눕다시피 한 상황이었다.

그런 자세에서 나온 오른발 발리슛.

놀랍게도 그 슈팅은 정확하고 빠르게 맨체스터 시티의 골문을 노렸다.

[상대의 페널티박스 안에서 슈팅했습니다!]
['페널티박스 안의 피니셔' 스킬 효과가 발동됩니다!]
[슈팅의 정확도가 대폭 상승합니다.]

*　　　*　　　*

우와아아아아아아!

경기장에 함성이 터졌다.

―고오오오오오오올! 이민혁이 경기 시작 9초 만에 골을 성공시킵니다! 이야……! 이민혁 선수는 정말… 정말 대단합니다!

이민혁의 슈팅이 골로 연결됐기 때문이었다.
9초 만에 넣은 골이었다.
그것도 프리미어리그의 강팀 맨체스터 시티를 상대로.
"우오오오오오?! 뭐야?! 뭐야아아아아? 벌써 넣었어? 아니! 시작한 지 얼마나 됐다고?"
"으하하하! 이민혁은 볼 때마다 놀랍다니까? 방금 봤어? 뱅상 콤파니를 옆에 두고도 완벽한 슈팅을 때려 넣어 버리잖아!"
"이민혁의 슈팅은 원샷원킬이지! 때릴 때마다 거의 골이 되어 버리잖아?"

"과연 전 세계에서 가장 골 결정력이 높은 선수다워! 저기서 저렇게 침착한 슈팅을 때릴 줄이야……."

"큭큭! 맨체스터 시티 애들 경기 전엔 복수하겠다니, 뭐니 떠들어 대던데 시작부터 큰 충격을 받았겠어."

같은 시각, 위르겐 클롭 감독 역시 웃음을 터뜨렸다.

"크핫핫핫! 이민혁 저 괴물 같은 녀석! 벌써 골을 넣어 버린다고?"

이민혁을 바라보는 위르겐 클롭 감독의 눈에선 하트가 튀어나올 것만 같았다.

"저렇게 대단한 선수와 함께할 수 있다니… 역시 리버풀에 오길 잘했어."

갑작스레 터진 리버풀의 골에 맨체스터 시티 선수들의 얼굴이 딱딱하게 굳었다.

"젠장! 정신들 안 차려? 이민혁에게 공간을 내주지 말란 말이야!"

"조던 헨더슨이 이민혁한테 패스를 뿌릴 동안 왜 가만히 내버려 두는 거야? 패스를 못 하게 방해해야 할 거 아니야?!"

"…또 이민혁이냐?"

"저 자식… 지난번에 이어서 또 골을……."

맨체스터 시티 선수들.

이들의 머릿속엔 지난 경기의 기억들이 생생하게 남아 있었다.

7 대 1로 졌던 끔찍한 기억을 잊을 수 있을 리가 없었다.

이민혁에게 3골 2어시스트를 허용한 그 경기.

그래서 오늘만큼은 복수하려고 정말 열심히 준비해 왔다. 리버풀의 전술, 스타일, 선수들의 특징을 필사적으로 분석해서 나왔다.

그럼에도 골을 허용한 것이다.

그것도 경기 시작 9초 만에.

—맨체스터 시티 선수들이 더 열심히 뛰고 있습니다!

—아무래도 빠르게 동점골을 만들고 싶겠죠. 이미 자존심이 상했을 거거든요? 지난 경기에 이어서 이번 경기에서도 이민혁에게 당해 버렸으니까요. 하지만 맨체스터 시티는 명심해야 합니다. 리버풀의 역습이 매우 강할 것이라는 걸 말이죠!

맨체스터 시티 선수들은 예상치 못한 선제골에 기분이 나빴지만, 흥분하진 않았다.

냉정하게 상황을 지켜보려고 했고, 그저 경기의 템포만을 올리고자 했다.

당연하게도 리버풀의 역습도 경계하며 공격을 전개했다.

하지만, 축구에서 상대의 역습에 완벽하게 대비하기란 불가능한 일.

지금도 맨체스터 시티는 리버풀에게 역습을 허용했다.

—세르히오 아궤로의 슈팅이 시몬 미뇰레 골키퍼에게 막힙니다! 시몬 미뇰레, 콜로 투레에게 빠르게 연결합니다.

골키퍼에게 공을 넘겨받은 콜로 투레, 그 역시 시간을 끌지 않고 제임스 밀너에게 패스했다.

툭!

공을 받은 제임스 밀너는 몸을 회전하며 페르난지뉴의 압박을 벗어났고, 이어서 최전방에 있는 오리기를 향해 롱패스를 뿌렸다.

투웅!

오리기는 오타멘디와의 헤딩 경합에서 이겨 내며 공을 옆으로 떨어뜨렸다. 그 공을 향해 이민혁이 달려들었다. 맨체스터 시티의 풀백 가엘 클리시 역시 공을 향해 다리를 뻗었다.

이중 공을 먼저 잡은 선수는 가엘 클리시였다. 공과 더 가까이 있었기 때문.

그런데 이때.

촤아아악!

이민혁이 과감한 슬라이딩태클을 시도했다.

결과는 성공이었다.

─완벽한 타이밍 태클입니다! 이민혁이 가엘 클리시의 공을 뺏어 냅니다!

이민혁이 손바닥으로 땅을 짚고 몸을 일으켰다. 그 움직임은 매우 빨랐다. 마치 슬라이딩태클과 한 동작처럼 보일 정도로.

가엘 클리시에게서 공을 뺏어 낸 위치는 페널티박스 바로 바깥.

즉, 이민혁에겐 직접 슈팅을 시도할 수 있는 거리였다.

탓!

왼발로 땅을 강하게 찍었다.

이어서 오른발을 휘둘렀다.

대각선으로 강한 슈팅을 때릴 생각이었고.

후웅!

빠르게 휘두른 다리로 공을 때려 냈다.

[20% 확률로 '예리한 슈팅' 스킬 효과가 발동됩니다!]

[슈팅의 정확도가 대폭 상승합니다.]

[상대의 페널티박스 바깥에서 슈팅했습니다!]

['중거리 슈터' 스킬 효과가 발동됩니다!]

[슈팅의 정확도가 대폭 상승합니다.]

퍼어엉!

커다란 소음이 터졌다.

그만큼 강하게 걸린 슈팅이었다.

쒜에에엑!

공이 쏘아졌다. 맨체스터 시티의 조 하트 골키퍼가 몸을 날렸다. 어지간해선 반응하기도 힘든 슈팅이었건만, 조 하트는 반응하며 팔을 뻗었다.

하지만.

팔을 뻗는 것보다 공이 골대 안으로 파고드는 시간이 훨씬 더 빨랐다.

철렁!

맨체스터 시티의 골 망이 흔들렸다.

벌써 두 번째였다.

―우와아아아! 이민혁입니다! 이민혁이 환상적인 중거리 슈팅으로 추가골을 터뜨립니다!

―이제 스코어는 2 대 0이 됩니다! 이민혁 선수! 정말 잘하네요!

*　　　　*　　　　*

최근 전 세계 축구 팬들 사이에서 설문조사가 진행된 적이 있다.

현재 세계 최고의 선수가 누구냐는 주제로 시작된 설문조사였다.

후보는 쟁쟁했다.

크리스티아누 호날두, 리오넬 메시, 네이마르, 이니에스타, 차비 에르난데스… 등, 이름만 들어도 알 만한 선수들이 즐비했다.

이토록 쟁쟁한 후보들을 두고 펼친 설문조사의 결과는.

이민혁이었다.

전 세계 축구 팬들은 현시점에서 세계 최고의 실력을 지닌 선수를 이민혁이라고 말했다.

ㄴ지금 세계 최고는 이민혁이지. 그 녀석은 리오넬 메시랑 크리

스티아누 호날두가 할 수 있는 것들을 전부 다 할 수 있어. 또한, 리오넬 메시랑 크리스티아누 호날두가 할 수 없는 것들을 해낼 수 있지.

└이민혁이 발롱도르를 받은 순간부터 리오넬 메시를 뛰어넘은 거야. 크리스티아누 호날두? 냉정하게 그 녀석은 같은 선에 두기도 좀 그래. 솔직히 축구 실력으로 보면 이민혁이랑 메시보다 한 수 아래잖아?

└이민혁의 득점력을 봐. 이 녀석은 윙어이면서 매 경기 골을 넣는다고. 그 누구도 이민혁처럼 할 수는 없어.

└난 축구를 보다가 너무 놀라서 턱이 빠진 적이 딱 한 번 있어. 바로 이민혁의 플레이를 봤을 때야.

└리오넬 메시는 대단한 선수야. 펠레, 마라도나처럼 역사에 남을 선수지. 하지만 이민혁은 그들과 다른 위치에 설 수 있는 재능을 지녔어. 만약 이민혁이 지금 같은 실력을 2~3시즌만 유지한다? 그럼 이민혁은 전설적인 선수들보다도 더 윗급으로 평가받을 거야.

└이민혁을 분데스리가 시절부터 봐 왔다면 알 수 있을걸? 이 녀석이 가장 무서운 건 계속 성장한다는 거야. 갑자기 패스 능력이 좋아지고, 갑자기 몸싸움이 좋아지고, 갑자기 스피드가 좋아졌어. 이건 정말 꾸준하게 엄청난 노력을 한다는 증거지.

└노력하는 천재라고……? 왜 네덜란드에는 이민혁 같은 선수가 없는 거야?

└이민혁이 최고야. 적어도 이번 2015/16시즌의 이민혁에겐 그 누구도 비빌 수 없어.

ㄴ호나우두에게 붙던 축구황제 타이틀을 물려받았잖아? 그걸로 말 끝난 거지 뭐.

이처럼 높은 평가를 받고 있는 이민혁은.

자신이 왜 최고라고 불리고 있는지를 맨체스터 시티를 상대로 증명했다.

ㅡ고오오오오오올! 해트트릭입니다! 이민혁이 이번엔 세트피스 상황에서 골을 넣네요!

ㅡ애덤 럴라나가 찬 코너킥을 이민혁이 머리로 강하게 방향을 바꿔줬습니다! 완벽한 헤딩골이었습니다!

이를 갈고 나온 맨체스터 시티를 상대로 기록한 해트트릭.

겨우 전반전 36분 만에 벌어진 일이었다.

"역시 맨체스터 시티야."

이민혁이 만족스러운 미소를 지었다.

그의 시선이 향한 곳엔 많은 수의 메시지들이 떠 있었다.

[퀘스트를 완료하셨습니다!]

[퀘스트 내용: 맨체스터 시티를 상대로 전반전이 끝나기 전까지 해트트릭을 기록하세요.]

[보상으로 경험치가 50% 증가합니다.]

[퀘스트를 완료하셨습니다!]

[퀘스트 내용: 맨체스터 시티를 상대로 해트트릭을 기록하세요.]
[보상으로 경험치가 20% 증가합니다.]

[퀘스트를 완료하셨습니다!]
[퀘스트 내용: 맨체스터 시티를 상대로 3개의 공격포인트를 기록하세요.]
[보상으로 경험치가 대폭 증가합니다.]

[퀘스트를 완료하셨……]
…….

[레벨이 올랐습니다!]

*   *   *

[스탯 포인트 2를 사용하셨습니다.]
[속도 능력치가 2 상승합니다.]
[현재 속도 능력치는 116입니다.]

"경험치 되게 잘 주네. 역시 맨체스터 시티야."

이민혁이 흐뭇한 얼굴로 맨체스터 시티 선수들을 바라봤다.

저들에겐 끔찍한 시간이겠지만, 이민혁에겐 너무나도 즐거운 시간이었다.

"전반전에만 레벨이 하나 올랐네. 이거 잘하면 후반전에도 하나 올릴 수 있겠는데? 그럼⋯⋯."

계속해서 잘해 봐야겠다고 중얼거리며, 이민혁은 동료들과 상대 선수들의 움직임을 주시했다.

삐이이익!

경기가 재개됐다.

맨체스터 시티의 공격은 잘 풀리지 않았다.

이른 시간에 3골을 허용한 것으로 집중력이 흐려졌고, 의지도 약해졌기 때문이었다.

게다가 기세가 오른 리버풀은 맨체스터 시티의 공격을 곧잘 방어해냈다.

—데얀 로브렌이 걷어 냅니다! 좋은 수비네요~!

—존 플래너건이 라힘 스털링의 돌파를 막아 냅니다! 존 플래너건! 올 시즌 첫 출전임에도 집중력이 대단합니다!

—리버풀의 분위기가 너무 좋네요!

리버풀은 역습을 노리며 수비적인 운영을 펼쳤다.

3 대 0으로 이기고 있으니까 굳이 무리하지 않는 걸 선택한 것이었다.

삐이이익!

후반전이 시작됐다.

맨체스터 시티의 분위기는 후반전에도 좋지 못했다.

리버풀을 강하게 몰아붙이려고 했지만, 중원 싸움에서도 밀리며 오히려 밀리는 모습을 보여 줬다.

―오리기가 엠레 찬에게 공을 넘깁니다! 엠레 찬이 직접 몰고 전진합니다! 오오! 엠레 찬이 페르난도의 압박을 벗어납니다! 좋은 탈압박입니다!

―엠레 찬, 사이드로 공을 찔러 줍니다. 애덤 럴라나가 측면에서 공을 받습니다. 중앙엔 오리기와 피르미누, 이민혁이 있죠~!

엠레 찬은 짧고 강한 크로스를 올렸다.

피지컬이 좋은 오리기와 헤딩 능력이 급상승한 이민혁에게 시선이 끌린 맨체스터 시티 수비수들의 심리를 이용한 크로스였다.

피르미누가 기다렸다는 듯 튀어나오며 머리를 가져다 댔다. 투웅! 크로스를 잘라먹는 헤딩슛.

골키퍼의 입장에선 궤적을 예상하기 힘든 슈팅이었다.

―고오오오오오오올! 호베르투! 피르미누!

―엠체 찬의 크로스도 좋았고, 피르미누의 헤딩도 완벽했네요! 리버풀이 4 대 0으로 앞서갑니다!

맨체스터 시티 선수들은 승리에 대한 희망을 버렸다.

이제 겨우 후반전이 시작된 지 15분밖에 지나지 않았음에도, 경기를 반쯤 포기한 모습을 보였다.

그리고.

그런 맨체스터 시티를 보며 기다렸다는 듯, 더 날뛰는 잔인한 선수가 있었다.

"포기해 주면 더 좋지."

이민혁이었다.

＊　　　　　＊　　　　　＊

「맨체스터 시티, 리버풀에게 7 대 0 충격 패!」

「맨체스터 시티의 마누엘 페예그리니 감독, '이민혁을 막지 못한 게 패배의 원인. 우리는 잘 준비했지만, 발롱도르를 받은 최고의 선수를 막는 건 늘 어려운 일'이라며 이민혁을 인정해.」

「이민혁, 4골 1어시스트 기록하며 맨체스터 시티마저 무너뜨려.」

「맨체스터 시티, 이민혁이라는 악몽이 각인되다.」

리버풀과 맨체스터 시티의 경기는 리버풀의 압도적인 승리로 끝이 났다.

맨체스터 시티 선수들은 실망이 컸던지, 경기가 끝나자마자 경기장을 떠났다.

그 모습을 본 리버풀의 팬들은 실시간으로 웃음을 터뜨렸다.

ㄴ하하하! 맨체스터 시티가 제대로 굴욕을 당했네!

ㄴ크흐흐! 맨체스터 시티의 팬들이 너무 슬퍼하지 않았으면 좋겠군. 그냥 상대가 나빴다는 걸 알아야 해.

ㄴ맨체스터 시티를 완전히 발라 버렸잖아? 이 정도로 대단한 경기력이라면 이번 시즌 리버풀은 프리미어리그와 유로파리그 모두 우승할 수 있겠어!

ㄴ이민혁에게 또 당해 버렸네. 내가 맨체스터 시티의 선수들이었으면 축구를 하기 싫어졌을 것 같아.

ㄴ이민혁은 정말 살벌하더라. 그냥 공을 잡고 달리면 맨체스터 시티 수비수들은 바짝 겁을 먹어 버렸어.

같은 시간, 오늘 좋은 경기력을 펼친 리버풀 선수들도 서로를 격려하며 승리를 즐겼다.

다만 이민혁은 아쉬움이 담긴 얼굴을 하고 있었다.

"아오……! 레벨 하나 더 오를 것 같았는데, 이게 안 되네."

레벨을 추가로 올리지 못했다는 것.

이민혁은 그 사실에 아쉬움을 느끼고 있었다.

그때였다.

"민혁! 표정이 왜 이렇게 안 좋아? 무슨 일 있어?"

가까이에 있던 팀 동료, 피르미누가 원인을 물어 왔다.

이민혁은 고개를 저으며 말을 돌렸다.

"아니에요. 별일 없어요. 그나저나 피르미누, 오늘 결정력 되게 좋던데요?"

"이상하게 잘 걸리더라고. 그리고 네가 수비수들 시선을 다 끌어 줘서 더 쉽게 골을 넣을 수 있었어."

"에이, 민망하게 왜 그러세요."

"정말이야. 난 브라질에서도 너보다 축구를 잘하는 사람을 본 적이 없어. 너의 재능은 정말 미쳤어."

"하하… 더 열심히 해야죠."

"워! 네가 열심히 한다는 말이 너무 무섭게 들린다. 민혁, 설마 공격수 자리까지 넘보고 있는 건 아니지?"

"예? 공격수요? 갑자기 그건 왜요?"

"왜긴 왜야. 네 실력이면 당장에라도 공격수로 출전해도 득점왕을 먹을 것 같으니까 그러지. 난 솔직히 네가 윙어로 뛰어 줘서 다행이라는 생각을 한다니까? 네가 만약 공격수로 뛰었으면 내가 뛸 자리는 없었을 거야."

이민혁은 피르미누의 눈빛을 보고 알 수 있었다.

저 말이 진심이라는 것을.

그래서.

이민혁도 진심을 말했다.

"미래는 아무도 모르는 거잖아요? 저도 제 미래를 모르겠어요. 공격수로 뛸 수도 있고, 수비수로 뛰게 될 수도 있겠죠. 다만, 어떤 상황이 와도 저는 최선을 다할 겁니다."

"무서운 대답이구만. 아오! 나도 내일부터 더 빡세게 훈련할 거니까, 긴장해!"

"하하! 알겠어요. 피르미누, 앞으로도 잘해 보자고요."

"내가 하고 싶은 말이었어. 앞으로도 잘 부탁해."

피르미누와 가볍게 포옹을 한 뒤, 이민혁은 천천히 상태 창을 구경할 생각이었다.

그러나 원하는 걸 할 수가 없었다.

"민혁! 아까 그 트래핑 어떻게 한 거야? 나도 좀 알려 줘."

"리! 오늘 최고였어! 도대체 넌······."

"민혁, 네가 알려 줬던 기술 쓰니까 맨체스터 시티 애들이 꼼 짝을 못하더라!"

"우리 에이스! 여기 있었구나! 오늘은······."

주변에 몰려드는 동료들 때문이었다.

팀 내에서 동료들에게 가장 인기가 많은 사람이라는 것.

이건 쉽게 익숙해지지 않았다.

'아, 이거 왜 이렇게 적응이 안 되지.'

이민혁이 머리를 긁적이며 쏟아지는 동료들의 질문에 순서대 로 대답하기 시작했다.

*　　　　*　　　　*

리버풀은 맨체스터 시티와의 경기에서 승리한 이후에도 좋은 분위기를 이어 갔다.

「리버풀, 크리스탈 팰리스전 승리하며 승점 1위 이어 가.」

「이민혁, 전반전만 뛰고 1어시스트 기록. 후반전은 다음 경기를 위해 휴식 부여받아.」

「위르겐 클롭 감독, '이민혁은 너무나도 열심히 뛰어왔다. 나는 그에 게 조금이나마 휴식을 주고 싶었다'라며 이민혁의 교체가 배려였다고 밝혀.」

리버풀로선 팀의 에이스 이민혁의 출전시간을 최대한 줄여 체력을 보충해 주며 얻어 낸 승리였기에 더욱 만족스러운 결과였다.

이처럼 위르겐 클롭 감독이 이민혁에게 휴식 시간을 준 이유가 있었다.

리버풀의 다음 일정이 매우 중요했기 때문이었다.

「리버풀, 맨체스터 시티에 이어서 맨체스터 유나이티드까지 압도할까?」

「리버풀, 맨체스터 유나이티드와 유로파리그 16강에서 만난다.」

유로파리그 16강.

이 중요한 경기에서 맨체스터 유나이티드를 만나게 된 리버풀로선 팀의 에이스 이민혁의 역할이 중요할 수밖에 없었다.

아무리 과거보다 약해졌다고 해도 맨체스터 유나이티드의 명성은 여전히 강렬했다.

얼마 전에 프리미어리그에서 리버풀이 승리한 적이 있긴 하지만, 또다시 이긴다는 보장도 없었다.

심지어 리버풀 선수들은 이전에 맨체스터 유나이티드와 상대했을 때보다 체력이 많이 떨어져 있었다. 주전 선수와 후보 선수들의 실력 차이가 크기 때문에, 주전 선수 위주로 경기를 치러 온 결과였다.

삐이이익!

주심이 휘슬을 불었다.

이민혁은 조금도 긴장하지 않은 얼굴로 움직였다.

오늘의 상대는 맨체스터 유나이티드.

분명 강한 팀이었지만, 여전히 부담감은 느껴지지 않았다.

긴장도 되지 않고 부담감이 느껴지지 않으니, 이민혁의 실력은 확실하게 발휘됐다.

─다니엘 스터리지가 공을 뒤로 보냅니다! 이민혁, 슈티이잉!

전반 4분에 때린 중거리 슈팅이 맨체스터 유나이티드의 골문을 위협했다.

퍼엉!

다비드 데 헤아의 슈퍼세이브가 나오며 골을 허용하진 않았지만, 맨체스터 유나이티드 선수들의 얼굴은 순간 창백하게 변했다.

지금 이 순간, 이들 모두 비슷한 감정을 느끼고 있었다.

'저… 저 미친 자식……!'

'그냥 때리면 유효슈팅이네. 괴물 같은 놈!'

'저런 놈을 또 상대해야 해? 젠장! 프리미어리그에서 만나는 것도 짜증 나는데, 유로파리그에서까지 만나게 될 줄이야.'

'데 헤아가 아니었다면 분명 골이 될 슈팅이었어… 후……! 오늘, 이길 수 있을까?'

이민혁에 대한 두려움.

괴물을 보유한 리버풀을 이길 수 있을 것인가에 대한 불안함.

맨체스터 유나이티드 선수들은 경기 시작 4분 만에 위축되기 시작했다.

이들의 속마음을 모르지만, 이민혁은 몇 분 뒤 맨체스터 유나이티드 선수들에게 또다시 두려움을 안겨 줬다.

―이민혁이 벌써 두 명을 뚫어 냈습니다! 경악스러운 드리블이네요! 이민혁이라면 이 정도 거리에서… 때립니다!

터어엉!

전반 8분, 화려한 드리블로 두 명을 제쳐 내고 때려 낸 중거리 슈팅이 맨체스터 유나이티드의 골대에 맞았다.

―아~! 이게 골대에 맞나요?!

튕겨 나가는 공을 보며 맨체스터 유나이티드 선수들은 속으로 안도의 한숨을 내쉬었다.

그런데 이때.

―어? 세컨볼이 이민혁 쪽으로 날아가네요……?

골대에 맞고 튕겨 나온 공이 이민혁을 향해 날아갔다.

그리고.

이민혁은 날아오는 공을 향해 다리를 휘둘렀다.
확실한 임팩트를 준 발리슛이었다.

[상대의 페널티박스 바깥에서 슈팅했습니다!]
['중거리 슈터' 스킬 효과가 발동됩니다!]
[슈팅의 정확도가 대폭 상승합니다.]

터어엉!
경쾌한 소리와 함께 느껴지는 좋은 감각.
이민혁은 이 슈팅의 결과를 확인하지 않았다.
골을 확신하며 몸을 돌렸다.
그가 가끔 보여 주는 세리머니였다.
"들어간 것 같네."
이민혁이 씨익 웃었다.
뒤를 돌아보지 않았지만, 자신의 슈팅이 골로 연결됐다는 걸 알았다.
자리에서 벌떡 일어나 열광하는 관중들의 모습이 보였으니까.

─이민혁의 엄청난 골이 터졌습니다! 믿을 수가 없습니다! 살면서 단 한 번도 보기 힘든 굉장한 골이 나왔네요!
─우와… 이민혁 선수가 때린 슈팅이 골대에 맞고 튕겨 나왔고… 이민혁이 그 공을 다시 발리슛으로 때려서 골을 넣었습니다!
─게다가 이민혁은 슈팅을 때리자마자 몸을 돌렸죠! 슈팅을 때린 순간 골이 될 거라는 걸 확신한 모양입니다!

—이민혁이 또다시 경기장을 뜨겁게 달궈 놓고 있습니다! 축구 황제 이민혁이 맨체스터 유나이티드의 팬들을 충격에 빠뜨립니다!

　—허허허……! 정말 충격적인 장면이네요……! 대한민국에 이런 선수가 있다는 게 너무나도 자랑스럽습니다!

　—이민혁 선수도 평소보다 더 좋아하고 있네요! 이렇게 멋진 골을 넣었으니, 당연히 기쁠 수밖에 없을 겁니다!

해설들의 말처럼 이민혁은 기뻐하고 있었다.

평소 골을 넣었을 때 덤덤한 모습을 보여 주는 것과는 다른 반응이었다.

그러나 멋진 골을 넣었기 때문은 아니었다.

[퀘스트를 완료하셨습니다!]

[퀘스트 내용: 맨체스터 유나이티드를 상대로 팬들을 놀라게 할 만한 멋진 골을 터뜨리세요.]

[보상으로 경험치가 30% 증가합니다.]

[퀘스트를 완료하셨……]

…….

[레벨이 올랐습니다!]

[레벨 230을 달성하셨습니다!]

[스킬이 지급됩니다.]

['페널티킥 마스터'를 습득하셨습니다.]

이민혁은 레벨이 오른 것과 새로운 스킬을 얻은 것에 기뻐하고 있었다.

*   *   *

맨체스터 유나이티드와의 경기에서 8분 만에 골을 터뜨린 것에 대한 보상은 훌륭했다.

[레벨이 올랐습니다!]

레벨이 올랐고.

[레벨 230을 달성하셨습니다!]
[스킬이 지급됩니다.]
['페널티킥 마스터'를 습득하셨습니다.]

새로운 스킬도 얻었다.
"페널티킥 마스터?"
이민혁은 미소를 머금은 채, 새로 얻은 스킬의 정보를 확인했다.

[페널티킥 마스터]

유형: 패시브

효과: 페널티킥 시, 슈팅의 파워와 정확도가 대폭 상승합니다.

"좋네."

애초에 슈팅에 자신감이 있는 이민혁이었다.

그런 상황에서 슈팅의 파워와 정확도가 대폭 상승한다?

앞으로 이민혁에게 페널티킥을 성공시키는 건 매우 쉬운 일이 될 게 분명했다.

[스탯 포인트 2를 사용하셨습니다.]

[패스 능력치가 2 상승합니다.]

[현재 패스 능력치는 95입니다.]

스탯 포인트를 사용해 능력치까지 올린 지금.

이민혁은 관중석을 향해 손을 흔들었다.

그곳엔 팬들이 뜨거운 함성을 뿜어내고 있었다.

우와아아아!

─이민혁 선수가 명성에 걸맞은 경기력을 보여 주고 있습니다!

이민혁이 보여 준 환상적인 선제골에 대한 반응이었다.

"우오오오오! 내가 20년간 축구를 봐 왔지만, 이런 골은 처음 봐! 이민혁은 역시 수준이 달라!"

"골 넣기 전부터 골을 넣을 때와 세리머니까지 전부 완벽하잖아?!"

"그래! 이거야! 내가 이런 걸 보려고 경기장에 왔다고!"

"크흐흐! 오늘 맨체스터 유나이티드의 다비드 데 헤아 골키퍼는 속으로 벌벌 떨고 있을 거야. 이민혁이 대포알 같은 슈팅을 아무 때나 때려 대잖아?"

같은 시간, 실시간으로 경기를 보던 한국 축구 팬들은 더더욱 뜨거운 반응을 보였다.

┗와!!!!!!!!!!!! 이게 뭔 골이여⋯⋯? 이런 것도 가능한 거였음???

┗오진다 진짜ㄷㄷㄷㄷ 골대 맞고 튕긴 걸 그대로 때려 버리네;;;; 그리고 몸 돌려보리는 간지;;; 나 소름 돋았자녀;;;

┗이민혁 컨디션 너무 좋아 보이는데?;;;; 맨유 오늘 ㅈ됐다;;;;;;

┗맨체스터 유나이티드 요즘 맹구 되더니만, 아주 가관이네ㅋㅋㅋㅋㅋㅋ

┗이젠 인정할 수밖에 없다. 이민혁은 확실히 신계에 올랐어. 한국인이 세계 최고의 선수 중 하나가 됐다고.

┗와나⋯ 팔에 닭살 다 돋았음⋯⋯. 이민혁은 정말⋯ 대단하다, 대단해.

┗개잘한다ㅋㅋㅋㅋㅋㅋㅋ

┗축구황제ㄷㄷㄷㄷㄷ 볼 때마다 신기하네. 어떻게 한국에서 이민혁 같은 선수가 나왔을까?

┗사실상 바이에른 뮌헨이 키웠다는 게 학계의 정설.

ㄴ걍 이민혁의 재능이 쌉압도적인 거임.

이처럼 뜨거운 반응 속에서 이민혁은 덤덤한 얼굴로 경기장
을 뛰어다니며 다시 기회를 노렸다.

맨체스터 유나이티드는 동점골을 넣기 위해 움직였지만, 중원
에서의 플레이가 잘 풀리지 않으며 기회를 만들지 못했다.

펠라이니와 바스티안 슈바인슈타이거로 이뤄진 맨체스터 유
나이티드의 중원은 분명 강력했다.

리버풀의 조던 헨더슨과 엠레 찬으로 이뤄진 중원보다는 네임
밸류로도, 실력으로도 더 강력해야 했다.

그럼에도 맨체스터 유나이티드는 리버풀과의 중원 싸움에서
이겨 내지 못했다.

─이번에도 이민혁입니다! 이민혁이 슈바인슈타이거와의 공중
볼 경합에서 승리합니다!

─이민혁 선수가 오늘 공중볼을 굉장히 잘 따내 주네요! 바스티
안 슈바인슈타이거가 공중볼에 약한 선수가 아닌데, 이민혁에게
상대가 되질 않고 있습니다!

─바스티안 슈바인슈타이거와 이민혁 선수의 재밌는 일화가 있
죠. 과거에 이민혁 선수가 바이에른 뮌헨에서 뛸 때, 바스티안 슈바
인슈타이거를 뚫지 못해서 한동안 고민에 빠졌던 일이 있었다고
합니다. 공중볼 경합에서도 단 한 번도 이긴 적이 없었고요. 그런
데 그런 이민혁 선수가 이제는 세계 최고 수준의 선수가 돼서 바스
티안 슈바인슈타이거를 압도하고 있습니다!

틈날 때마다 중원을 지원하는 이민혁 때문이었다.

때문에, 오히려 공격을 주도하는 건 리버풀이었다.

―측면에 공간이 생겼네요! 이민혁, 측면으로 공을 넘기나요? 어어?! 이민혁이 직접 공을 몰고 전진합니다!

이민혁은 패스할 것처럼 페인팅을 준 뒤, 앞을 막고 있는 마루안 펠라이니의 옆으로 움직였다. 펠라이니는 팔로 이민혁의 상체를 막으며 돌파를 방해하려 했지만, 이민혁은 그 팔을 강하게 뿌리쳐 냈다.

분명 강한 힘을 지닌 마루안 펠라이니지만, 이민혁 역시 어릴 때부터 꾸준히 웨이트 트레이닝을 해 온 선수.

힘으로는 밀리지 않았다.

―이민혁이 마루안 펠라이니의 압박을 뿌리쳐 냅니다! 두 선수, 상당히 치열한 몸싸움이었습니다!

―허허! 마루안 펠라이니는 강력한 피지컬로 유명한 선수인데, 이민혁도 밀리질 않네요~! 놀랍습니다!

마루안 펠라이니의 압박을 벗어나자, 지역방어를 하던 맨체스터 유나이티드의 센터백들이 다급하게 튀어나오기 시작했다.

하지만 이민혁에겐 이미 공간이 주어진 상태.

이민혁은 그대로 슈팅을 때렸다.

　　　　　*　　　　　*　　　　　*

퍼어엉!

[상대의 페널티박스 바깥에서 슈팅했습니다!]
['중거리 슈터' 스킬 효과가 발동됩니다!]
[슈팅의 정확도가 대폭 상승합니다.]

발등에 제대로 걸린 슈팅이었다.
다만, 빠르게 쏘아진 공은 아쉽게도 맨체스터 유나이티드의
센터백 크리스 스몰링의 몸에 맞았다.

―크리스 스몰링! 몸을 던지며 이민혁의 슈팅을 막아 냅니다!
―이민혁 선수, 아쉽겠네요! 방금 슈팅이 제대로 걸린 것처럼 보
였거든요?

해설들의 말처럼 이민혁은 쓰게 웃으며 아쉬움을 드러냈다.
"크… 아깝다."
골이나 다름없는 슈팅이라고 생각했기에, 아쉬움은 더 컸다.
하지만 이민혁은 다시 평정심을 찾았다. 그래야만 했다. 공은
아직 리버풀의 소유였으니까.

―대니얼 스터리지가 흘러나온 공을 잡습니다! 대니얼 스터리

지! 몸을 돌리려고 하지만 여의치 않습니다! 달레이 블린트의 영리한 수비! 스터리지, 이민혁에게 공을 넘기네요! 아주 좋은 선택입니다! 이민혁은 어떤 상황에서도 공을 빼앗기질 않는 선수거든요!

툭!

이민혁이 오른쪽 발바닥으로 공을 받아 냈다. 동시에 오른발로 땅을 짚고, 왼발을 휘둘렀다.

왼발의 바깥쪽으로 공을 차올리는 아웃프런트 킥.

공이 페널티박스 왼쪽으로 휘어져 날아갔다. 공을 받을 준비를 하고 있던 선수는 필리페 쿠티뉴.

재능 넘치는 선수인 필리페 쿠티뉴, 그는 날아오는 공을 발리 슛으로 때려 냈다.

퍼어엉!

다비드 데 헤아의 수난이었다.

세계 최고의 골키퍼 중 하나라는 명성을 지닌 그였지만, 첫 번째 골에 이어서 두 번째 골이 터진 지금도 반응조차 하지 못했다.

"젠장!"

다비드 데 헤아가 짜증스러운 얼굴로 골대 안에 들어간 공을 바라봤다.

―우오오오오! 리버풀의 멋진 골이 터집니다! 필리페 쿠티뉴입니다!

―이민혁이 센스 있게 준 패스를 그대로 발리로 연결하네요! 역

시 필리페 쿠티뉴의 오른발은 늘 위협적입니다!

이민혁이 씨익 웃으며 골을 넣은 동료를 바라봤다.

필리페 쿠티뉴, 그는 잔뜩 흥분한 얼굴로 이민혁을 향해 뛰어오고 있었다.

"필리페, 멋진 골 축하해요."

이민혁이 웃으며 인사를 건넸고.

"우와아아아아! 민혀어억! 쩌는 패스였어!"

필리페 쿠티뉴는 이민혁을 향해 몸을 던졌다.

말 그대로 던져 버렸다.

퍼억!

'어후! 이 양반은 왜 안기고 그래?'

이민혁은 필리페 쿠티뉴를 땅에 내려놓으며 재차 축하의 말을 건넸다.

"훌륭한 마무리였어요. 필리페."

"마무리? 좋았지! 근데 네 패스가 더 쩔었어! 거기서 진짜 왼발 아웃프런트 패스를 할 줄이야! 너라면 그렇게 줄 수도 있을 것 같아서 기다리고 있었는데, 진짜 주네!"

"에이~ 훈련 때도 몇 번 나왔던 장면이잖아요? 그렇게 패스하면 필리페가 넣어 줄 걸 알고 있었어요."

"역시 넌 최고의 선수야!"

"감사합니다."

이민혁은 필리페 쿠티뉴의 말에 부정하지 않았다.

그저 감사하다고만 했다.

부정할 필요가 없었다.

과한 겸손은 독이 될 수 있다는 걸 아르연 로번에게 배웠고, 지금의 실력에 확실한 자신감이 있었으니까.

'내가 정말로 최고인지는 모르겠지만, 적어도 그 누구에게도 밀린다는 생각은 들지 않아.'

이러한 자신감은 맨체스터 유나이티드와의 경기가 치러지고 있는 오늘도 아주 잘 드러났다.

—이민혁이 오른쪽 측면을 돌파해 냅니다! 우와! 이민혁은 돌파를 시도하는 데에 있어서 조금도 망설임이 없네요! 맨체스터 유나이티드의 풀백 마르코스 로호를 너무나도 쉽게 제쳐 냅니다!

—오늘만큼은 마르코스 로호가 불쌍하게 보이네요!

이민혁은 전반전 내내 맨체스터 유나이티드의 측면을 박살 냈다.

말 그대로 박살을 내 버렸다.

이런 이민혁의 활약은 점수에도 영향을 미쳤다.

—이민혁, 크로스! 피르미누우우우! 고오오오올! 호베르투 피르미누의 골입니다! 이민혁의 크로스를 피르미누가 머리로 받아 넣었습니다!

—이민혁은 어시스트를 기록하며 또다시 공격포인트를 추가하네요!

전반 41분에 팀 동료 피르미누의 골을 도우며 스코어를 3 대 0으로 만들었고.

　—또 이민혁입니다! 이민혁이 돌파합니다! 마르코스 로호가 넘어지네요! 이민혁을 막을 수가 없습니다! 달레이 블린트, 태클! 우오오오?! 이민혁! 피했습니다! 달레이 블린트의 태클을 피해 냅니다!

　전반 44분엔 마르코스 로호를 제쳐 낸 것으로도 모자라, 달레이 블린트의 수비마저 뚫어 내고 때린 강력한 슈팅으로 직접 골을 터뜨리기까지 했다.

　—스코어는 이제 4 대 0이 됩니다! 이민혁이 맨체스터 유나이티드를 무너뜨리고 있습니다!

　　　　*　　　　　*　　　　　*

　후반전을 맞이한 맨체스터 유나이티드는 전술을 변경해 가며 분위기를 바꿔 보려고 했다.
　이민혁에게 맨투맨 마크를 붙이고, 집중적인 견제를 해 가며 골을 노리려고 했다.
　하지만.
　이민혁은 막히지 않았다.
　맨투맨이 붙어도 전반전과 같이 미쳐 날뛰었다. 두 명이 붙어도 마찬가지였다.

이민혁은 영리하게 축구를 할 수 있는 선수답게, 필요할 때면 동료를 이용하고 반칙을 얻어 내며 맨체스터 유나이티드를 괴롭혔다.

지금도 그랬다.

삐이이이익!

—반칙입니다! 마루안 펠라이니에게 옐로카드가 주어집니다!
—방금은 뒤에서 완전히 다리를 걸었죠! 이민혁 선수, 다치지 않았기를 바랍니다. 아, 다행히 바로 일어나네요.

후반 7분에 얻어 낸 프리킥.
골대와의 거리는 30M.
이민혁은 직접 키커로 나섰고, 주심의 신호가 떨어지자마자 기다렸다는 듯 공을 향해 달려들었다.

[상대의 페널티박스 바깥에서 슈팅했습니다!]
['중거리 슈터' 스킬 효과가 발동됩니다!]
[슈팅의 정확도가 대폭 상승합니다.]

[20% 확률로 '예리한 슈팅' 스킬 효과가 발동됩니다!]
[슈팅의 정확도가 대폭 상승합니다.]

중거리 슈터 스킬에 이어서 예리한 슈팅 스킬의 효과까지 적용된 공은 빠르고 정확하게 날아갔다.

이민혁이 노린 골대 상단 구석을 향해.

─와아아아아! 들어갔습니다! 엄청난 프리킥! 이민혁이 결국 해트트릭을 기록하네요~!

─이민혁 선수! 오늘 기록한 공격포인트가 벌써 3골 2어시스트입니다! 그것도 맨체스터 유나이티드를 상대로 기록한 겁니다! 이건 정말… 대단하다는 말로도 부족하네요! 한 수 위입니다! 이민혁이 분데스리가에 이어서 프리미어리그에서도 다른 수준의 기량을 보여 주고 있습니다!

프리킥으로 골을 터뜨린 직후.

타다닷!

이민혁은 상대인 맨체스터 유나이티드의 골대 안을 향해 빠르게 달려갔다.

그곳에 있는 공을 회수하기 위해서였다.

"시간 아껴야지."

이민혁은 시간을 질질 끌 생각이 없었다.

가능한 한 더 많은 공격포인트를 기록할 생각이었다.

그러지 않을 이유가 없었다.

[퀘스트를 완료하셨습니다!]

[퀘스트 내용: 맨체스터 유나이티드를 상대로 5개의 공격포인트를

기록하세요.]

　[보상으로 경험치가 30% 증가합니다.]

　[퀘스트를 완료하셨습니다!]

　[퀘스트 내용: 맨체스터 유나이티드를 상대로 해트트릭을 기록하세요.]

　[보상으로 경험치가 20% 증가합니다.]

　[퀘스트를 완료하셨…….]

　…….

　[레벨이 올랐습니다!]

　맨체스터 유나이티드는 경험치를 아주 많이 주는 상대였으니까.

『 레벨업 축구황제』 7권에 계속…